21 世纪高职高专计算机技能与应用系列规划教材

Flash CS3 动画制作教程与实训

何晓霞　殷建艳　主　编

孙　杰　王　坤　副主编

中国人民大学出版社
·北京·

北京科海电子出版社
www.khp.com.cn

图书在版编目（CIP）数据

Flash CS3 动画制作教程与实训/何晓霞，殷建艳主编.
北京：中国人民大学出版社，2009
（21 世纪高职高专计算机技能与应用系列规划教材）
ISBN 978-7-300-10673-1

Ⅰ．F…
Ⅱ．①何… ②殷…
Ⅲ．动画—设计—图形软件，Flash CS3—高等学校：技术学校—教材
Ⅳ．TP391.41

中国版本图书馆 CIP 数据核字（2009）第 071896 号

21 世纪高职高专计算机技能与应用系列规划教材
Flash CS3 动画制作教程与实训
何晓霞　殷建艳　主编

出版发行	中国人民大学出版社　北京科海电子出版社				
社　　址	北京中关村大街 31 号			邮政编码	100080
	北京市海淀区上地七街国际创业园 2 号楼 14 层			邮政编码	100085
电　　话	（010）82896594　62630320				
网　　址	http://www.crup.com.cn				
	http://www.khp.com.cn（科海图书服务网站）				
经　　销	新华书店				
印　　刷	北京市艺辉印刷有限公司				
规　　格	185 mm×260 mm　16 开本			**版　次**	2009 年 9 月第 1 版
印　　张	16			**印　次**	2009 年 9 月第 1 次印刷
字　　数	369 000			**定　价**	28.00 元

内容提要

　　本书从实用角度出发，内容难易适度，符合教育部对高职高专教材建设的要求，适用于培养高等技术应用型专门人才。全书共分为 10 章，内容包括：Flash CS3 概述、工具箱、常用控制面板、元件与图库、基本动画、特效动画、声音与视频的编辑、创建交互动画、输出和发布影片、综合实例等，其中，每章后均配有适量的习题和相应的实训项目。

　　本书尤其适合作为各高职高专院校、计算机培训学校等相关专业的教材，也可作为动画制作爱好者的参考用书。

前　言

Flash CS3 是矢量动画制作软件，它不仅稳定性好，而且功能强大，因此被应用于很多领域，如片头动画、产品展示、多媒体光盘、网络交互式游戏、Flash 网站、专业贺卡和卡通动画、专业漫画网站、教学课件的开发等。自 1999 年 Flash 进入中国以来，它一直受到各行业人员的喜爱。随着网络多媒体技术的不断发展，Flash 逐渐渗透到音乐传媒、IT、广告、房地产、游戏等各个领域，从而成为一款不折不扣的跨媒体、跨行业的软件。

本书对 Flash CS3 的功能和操作方法进行了详细的讲解，内容详略得当、编排合理，方便学生顺利和熟练地掌握动画制作的操作要领，并应用到实际工作中去。

本书共分为 10 章。第 1 章~第 4 章，详细讲解了 Flash CS3 的基本功能和操作方法；第 5 章和第 6 章通过案例解析介绍了基本动画和特效动画的制作方式；第 7 章介绍了如何对声音与视频进行编辑；第 8 章讲解了如何创建交互式动画，其中对 ActionScript 脚本语言也做了简单介绍。第 9 章详细讲解了如何输出和发布制作好的 Flash 影片；第 10 章为综合实例，通过对仿古灯和翻页效果的制作，方便学生对所学知识融会贯通。另外，本书每章后都附有习题和用于培养学生动手能力的实训项目，使学生在走上相关工作岗位之后，能够尽快适应岗位的要求，满足社会对高级技术应用型人才的需求

本书定位准确，符合教育部对高职高专教材建设的要求，适用于培养高等技术应用性专门人才。全书以应用为目的，以必需、够用为度，以加强概念、强化应用为重点，突出了实用性。本书尤其适合作为各高职高专院校、计算机培训学校等相关专业的教材，也可作为动画制作爱好者的参考用书。

本书由何晓霞、殷建艳主篇，其中第 1~9 章由何晓霞编写，第 10 章由殷建艳编写。

由于时间仓促，加之编者水平有限，书中难免有不足之处，敬请广大读者批评指正。

编者
2009 年 8 月

目 录

第 1 章 　Flash CS3 概述 ……………… 1

1.1 　Flash CS3 简介 …………………… 2

1.2 　Flash 的功能和特点 ……………… 2

1.3 　Flash 动画的学习方法 …………… 3

1.4 　熟悉 Flash CS3 的工作界面 ……… 3

　　1.4.1 　标题栏 ……………………… 4

　　1.4.2 　菜单栏 ……………………… 5

　　1.4.3 　主工具栏 …………………… 5

　　1.4.4 　工具箱 ……………………… 6

　　1.4.5 　"时间轴"面板 …………… 8

　　1.4.6 　场景和舞台 ………………… 8

　　1.4.7 　"属性"面板 ……………… 9

　　1.4.8 　浮动控制面板 ……………… 9

　　1.4.9 　创建 Flash 文档 …………… 9

　　1.4.10 　打开 Flash 文档 ………… 10

　　1.4.11 　设置文档属性 …………… 12

　　1.4.12 　保存 Flash 文档 ………… 14

1.5 　实训项目——新建名为"第 1 章
　　　示例"的 Flash 文档 …………… 15

1.6 　习题 ……………………………… 18

第 2 章 　工具箱 ……………………… 20

2.1 　Flash 的图形格式 ………………… 21

　　2.1.1 　位图 ………………………… 21

　　2.1.2 　矢量图 …………………… 21

2.2 　工具箱的使用 …………………… 21

　　2.2.1 　绘制图形工具 …………… 22

　　2.2.2 　填充图形工具 …………… 36

　　2.2.3 　编辑图形工具 …………… 43

2.3 　实训项目——绘制雨伞 ………… 51

2.4 　习题 ……………………………… 54

第 3 章 　常用控制面板 ……………… 56

3.1 　"信息"面板 …………………… 57

3.2 　"对齐"面板 …………………… 60

3.3 　"变形"面板 …………………… 64

3.4 　"颜色"面板 …………………… 68

3.5 　实训项目——制作表盘 ………… 72

3.6 　习题 ……………………………… 77

第 4 章 　元件与图库 ………………… 79

4.1 　元件与实例 ……………………… 80

4.2 　创建元件 ………………………… 80

　　4.2.1 　创建新元件 ……………… 80

　　4.2.2 　将现有对象转换为元件 … 83

4.3 　元件的类型 ……………………… 84

　　4.3.1 　图形元件 ………………… 84

　　4.3.2 　按钮元件 ………………… 87

　　4.3.3 　影片剪辑元件 …………… 88

4.4 　图库 ……………………………… 89

4.5 　实训项目——制作"灯笼"元件 … 90

4.6 　习题 ……………………………… 94

第 5 章 　基本动画 …………………… 96

5.1 　时间轴与帧操作 ………………… 97

　　5.1.1 　图层 ………………………… 97

　　5.1.2 　时间轴 …………………… 102

5.2 　逐帧动画 ……………………… 105

5.3 　运动补间动画 ………………… 110

5.4 　形状补间动画 ………………… 113

5.5 　实训项目——图片展示 ……… 115

5.6 　习题 …………………………… 122

第 6 章 　特效动画 ………………… 124

6.1 　运动引导动画 ………………… 125

6.2 　遮罩动画 ……………………… 130

6.3 　实训项目——毛笔字动画 …… 133

6.4 　习题 …………………………… 142

第 7 章　声音与视频的编辑…………………**144**

7.1　声音文件的导入 ………… 145

7.2　设置声音的属性 ………… 146

7.3　添加声音 ………………… 148

　　7.3.1　为帧添加声音 …………… 148

　　7.3.2　为按钮添加声音 ………… 149

7.4　声音效果的编辑 ………… 151

7.5　视频文件 ………………… 154

7.6　实训项目——导入音乐 QQ 爱
　　并进行编辑 …………………… 157

7.7　习题 ……………………… 160

第 8 章　创建交互动画…………………**162**

8.1　ActionScript 简介 ……… 163

8.2　"动作"面板的使用 …… 163

8.3　ActionScript 语法 ……… 165

8.4　数据类型 ………………… 168

8.5　变量与运算符 …………… 170

　　8.5.1　变量 ……………………… 170

　　8.5.2　运算符 …………………… 174

8.6　给 Flash 添加 ActionScript ……… 177

　　8.6.1　给关键帧添加代码 ……… 177

　　8.6.2　给按钮添加代码 ………… 179

　　8.6.3　给影片剪辑添加代码 …… 183

8.7　简单 ActionScript 动作的应用 ……… 186

　　8.7.1　播放和停止动画 ………… 186

　　8.7.2　跳转到一个帧或
　　　　　动画场景 ………………… 188

　　8.7.3　跳转到不同的 URL ……… 189

　　8.7.4　控制 Flash 播放器 ……… 191

8.8　实训项目——制作落叶效果 …… 191

8.9　习题 ……………………… 198

第 9 章　输出和发布影片…………………**200**

9.1　影片的发布格式 ………… 201

　　9.1.1　SWF 输出格式 ………… 201

　　9.1.2　HTML 输出格式 ……… 202

　　9.1.3　GIF 输出格式 ………… 205

　　9.1.4　JPEG 输出格式 ……… 206

9.2　发布影片 ………………… 207

9.3　影片的导出 ……………… 211

　　9.3.1　导出影片 ………………… 211

　　9.3.2　导出图像 ………………… 212

9.4　实训项目——发布"打字
　　效果"动画 ………………… 214

9.5　习题 ……………………… 216

第 10 章　综合实例…………………**217**

10.1　绘制仿古灯 …………… 218

10.2　制作翻页效果 ………… 233

部分习题参考答案 …………………**247**

第 1 章

Flash CS3 概述

本章知识点概述

本章主要介绍 Flash CS3 的一些基础知识，如 Flash 的功能和特点，工作界面及创建 Flash 文档的基本步骤。

本章所含知识点

- Flash 的功能和特点
- Flash 的工作界面
- 工具箱中常用工具按钮的用途
- 创建 Flash 文档的基本步骤

知识重点

- Flash 的工作界面
- 创建 Flash 文档的基本步骤

知识难点

- 创建 Flash 文档的基本步骤

1.1　Flash CS3 简介

Flash 是矢量动画制作软件，它不仅稳定性好，而且功能强大，因此被应用于很多领域，如片头动画、产品展示、多媒体光盘、网络交互式游戏、Flash 网站、专业贺卡和卡通动画、专业漫画网站、教学课件的开发等。自 1999 年末 Flash 软件进入国内以来，它一直广泛受到网页制作人员的喜爱。随着网络多媒体技术的不断发展，Flash 逐渐渗透到音乐传媒、IT、广告、房地产、游戏等各个领域，从而成为一款不折不扣的跨媒体、跨行业的软件。

Flash CS3 是美国 Adobe 公司推出的较新版本，它经过多次的版本升级，其功能逐步完善，增添了许多新功能，让动画制作变得更加轻松惬意。

1.2　Flash 的功能和特点

在 Flash 诞生之前，因特网上使用的大多是 GIF 动画和 Java 动画。GIF 动画文件的尺寸较大，Java 动画则要求制作者具有较高的编程能力，而 Flash 软件的推出为创作网络动画提供了新的途径。

目前，许多网站都采用 Flash 技术来制作网页动画，许多电视广告、计算机游戏的片头和片尾也都使用 Flash 来制作。Flash 还广泛应用于交互式软件开发、产品展示以及教学等方面。

Flash 软件可以直接输出 Windows 可执行文件（.exe 格式），还可以制作出精致的 Flash 游戏。使用 Flash 插件，能把 Flash 动画直接嵌入到 Visual Basic、Visual C++所生成的 Windows 可选择文件中。在专业的多媒体制作软件 Authorware 和 Director 中，也可以导入 Flash 动画。

Flash 动画具有以下特点：

- 文件体积小。Flash 的编辑对象主要是矢量图形，它只需要用很少的矢量数据便可以描述相当复杂的对象，因而生成的影片文件特别小，即使加入了声音，Flash 也能很好地对声音文件进行压缩处理。一般一个 2 分钟的 Flash MTV 的影片文件不会超过 1MB。另外，Flash 编辑的矢量图形可以做到无限放大，而且放大时不会出现图像质量降低的问题。

- Flash 动画是一种流式动画。Flash 动画在因特网上可以边下载边播放，这一特点是 Java 动画无法比拟的。

- 支持插件播放。这使 Flash 能独立于浏览器之外运行。用户只需要安装一次插件，以后就可以快速启动并观看动画。

- 支持事件响应和交互功能。在 Flash 中，影片剪辑、按钮元件及关键帧都可以有自己的事件响应，设计者可以通过预先设置事件响应达到对动画控制的目的。

- 可以输出多种格式的文件。使用 Flash 不仅可以生成 Flash 格式的动画，还可以输出 GIF、MOV、AVI、RM 等格式的文件。

- 创建和编辑 Flash 动画的方法简单易学。在 Flash 中有渐变动画，通过使用关键帧和渐变技术，简化了动画的制作过程。

1.3　Flash 动画的学习方法

在学习 Flash 动画的制作过程中，很多人都认为 Flash 动画很不好学，其实，Flash 属于一款简单易学的动画设计软件，任何人都可以轻松上手，只是很多人在学习时没有掌握好学习的要领。在这里，为大家推荐一套学习 Flash 动画的方法。

（1）首先认识 Flash 动画的应用范围，明确自己学习 Flash 的目的，确定学习 Flash 动画的方向。随着 Flash 软件功能的不断提升，Flash 动画设计人员将逐渐分为两类：一类是优秀的前台动画设计师，另一类是熟悉编程的后台编程人员。所以，大家在学习的时候要确定自己主要是学习动画设计，还是学习后台编程。本书主要以前台动画设计为主进行讲解。

（2）掌握图形绘制与编辑的方法。图形的绘制与编辑主要是通过各个工具与面板来完成的，大家需要熟练掌握这些工具。

（3）系统掌握 Flash 中各个基础知识。例如，位图、矢量图以及它们的区别；帧、场景、图层的定义、作用以及它们在时间轴中的位置等。

（4）掌握各类 Flash 动画的制作原理。所有 Flash 动画都是由各个基本动画类型组成的，因此制作 Flash 动画时，要将各个基本动画的原理与制作方法搞清楚。

（5）多看、多练、多思考。多看一些别人制作好的作品，自己实际动手做一做。另外，在看别人的作品时，要思考这些动画可以通过什么动画类型来制作完成，自己按照这种方法能不能完成。

另外，还需要掌握一些美术与音频、视频处理的相关知识。

1.4　熟悉 Flash CS3 的工作界面

要创建 Flash 动画，用户必须首先熟悉 Flash 的工作界面，并了解界面各组成部分的作用，以便在今后的学习使用中能够得心应手，挥洒自如。本节就来介绍 Flash CS3 的工作界面。

成功启动 Flash CS3 后便进入到初始用户界面，如图 1.1 所示。在开始页中，可以打开最近打开过的项目或者打开保存在本地磁盘等的项目，也可以创建新的项目。另外 Flash CS3 还提供了非常多的模板，也可以从模板创建项目。在开始页中，单击"新建"栏下的"Flash 文件"选项，进入 Flash CS3 的工作界面。图 1.2 所示为 Flash CS3 的工作界面，主要包括标题栏、菜单栏、主工具栏、工具箱、"时间轴"面板、场景和舞台、"属性"面板及多个控制面板等几部分。

图 1.1 Flash CS3 的开始页

图 1.2 Flash CS3 的工作界面

1.4.1 标题栏

Flash CS3 的标题栏左侧显示了软件名称、动画文档名称，右侧是最小化、还原/最大化、关闭按钮，如图 1.3 所示。

功能

显示软件名称及文档名称，并实现窗口的最小化、还原/最大化、关闭操作。

```
Fl Adobe Flash CS3 Professional - [未命名-1]          _ □ X
```

图 1.3　标题栏

1.4.2　菜单栏

Flash CS3 的菜单栏中包括 11 项菜单，它们是文件菜单、编辑菜单、视图菜单、插入菜单、修改菜单、文本菜单、命令菜单、控制菜单、调试菜单、窗口菜单、帮助菜单，如图 1.4 所示。

功能

这些菜单集中了制作 Flash 动画的大部分操作命令。

```
文件(F)  编辑(E)  视图(V)  插入(I)  修改(M)  文本(T)  命令(C)  控制(O)  调试(D)  窗口(W)  帮助(H)
```

图 1.4　菜单栏

1.4.3　主工具栏

Flash 将一些常用菜单命令以图标按钮的形式组织在一起，放置在主工具栏中。当鼠标指向某个图标按钮时，在其下方会出现该按钮的功能说明，通过单击按钮即可执行相应的命令，如图 1.5 所示。主工具栏通常位于界面顶部，可以通过选择"窗口"→"工具栏"→"主工具栏"命令来显示或隐藏，还可以通过拖动按钮外的空白区域来改变主工具栏的位置。

功能

使常用菜单命令以图标按钮形式组织在一起，通过单击按钮可直接执行相应的命令。

调用方式

- 通过选择"窗口"→"工具栏"→"主工具栏"命令来显示或隐藏。

图 1.5　主工具栏

主工具栏中各个按钮的功能如表 1.1 所示。

表 1.1　主工具栏中各按钮功能

按钮名称	按钮图标	按钮功能
新建	▯	用于新建一个 Flash 文档
打开	▱	用来打开一个已经存在的文件
转到 Bridge	▱	用来链接转到 Bridge
保存	▤	用来保存当前编辑的文件，但不退出编辑状态
打印	▤	用来打印当前编辑的内容
剪切	✄	把选中的内容剪切下来，存入系统剪贴板中
复制	▱	把选中的内容复制下来，存入系统剪贴板中
粘贴	▱	把系统剪贴板中的内容粘贴到指定的位置
撤销	↺	用于还原本次修改前的内容
重做	↻	用于重新还原被撤销的内容
贴紧至对象	⌕	可以在调整圆、矩形、线条等对象之间的位置时使之贴紧对象，在设置引导动画路径时使对象自动粘贴到引导线
平滑	⁀S	使选中的图形更加平滑，多次单击该按钮具有累积效应
伸直	⌐	使选中的图形更加平直，多次单击该按钮具有累积效应
旋转与倾斜	↻	用于改变舞台中对象的旋转角度和倾斜变形
缩放	▣	用于改变舞台中对象的大小
对齐	▤	可对舞台中多个选中对象的对齐方式和相对位置进行调整

1.4.4　工具箱

在默认状态下，工具箱位于 Flash CS3 工作界面的左侧，可以使用鼠标拖动来改变它的位置，如图 1.6 所示。工具箱中的工具又可分为以下 4 部分。

- 工具区域：包含绘图、填充、编辑工具。
- 查看区域：包含缩放和手形工具，以便在应用程序窗口内进行缩放和移动的工具。
- 颜色区域：用于设置笔触颜色和填充颜色。
- 选项区域：显示当前所选工具的功能和属性。

功能

利用工具箱中的工具，用户可以绘制、填充、编辑图形，给图形填充颜色或改变舞台的视图等。

调用方式

- 通过选择"窗口"→"工具"命令，可以显示或隐藏 Flash 的工具箱。

选择工具 —— 部分选择工具
任意变形工具 —— 套索工具
钢笔工具 —— 文本工具
线条工具 —— 矩形工具
铅笔工具 —— 刷子工具
墨水瓶工具 —— 颜料桶工具
滴管工具 —— 橡皮擦工具
手形工具 —— 缩放工具
—— 笔触颜色
填充颜色 ——
贴紧至对象 ——
平滑 —— 伸直

图 1.6 工具箱

工具箱中各个工具的功能如表 1.2 所示。

表 1.2 工具箱中各工具的功能

区域	工具名称	工具图标	工具功能
工具区域	线条工具	\	用于绘制任意的直线线段
	文本工具	T	主要用于动画中文字的输入与设置
	钢笔工具	♦.	可绘制任意形状的图形及矢量线，也可作为选择工具使用
	铅笔工具	✎	用于绘制矢量线和任意形状的图形
	矩形工具	▢	用于绘制实心或空心的矩形、圆角矩形、正方形、多边形、星形、椭圆、正圆
	刷子工具	✏	用于绘制图形或者为图形填充颜色
	颜料桶工具	♢	主要用于对矢量图的某一区域进行填充
	墨水瓶工具	♢	可以为矢量线段进行颜色的填充，也可用于为填充色块加上边框
	滴管工具	✎	用于从指定的位置获取色块或线段的颜色
	选择工具	▸	有 3 个功能，分别是选取对象、移动对象、改变对象的形状
	部分选择工具	▸	用于编辑对象的形状
	套索工具	○	常用于选取不规则的物体
	任意变形工具	⊠	用于对图形进行缩放、旋转、倾斜、翻转、透视、封套等变形操作及填充色的调整
	橡皮擦工具	✐	用于擦除整个图形或者图形的一部分
查看区域	手形工具	✋	用于移动应用窗口中的对象
	缩放工具	⚲	用于缩放应用窗口中的对象
颜色区域	笔触颜色	✎■	设置图形的笔触颜色

（续表）

区域	工具名称	工具图标	工具功能
颜色区域	填充颜色	◇▣	设置图形的填充颜色
	黑白	▣	将当前笔触颜色设为黑色，填充色为白色
	交换颜色	⇄	将当前设置的笔触颜色和填充色进行互换
选项区域	贴紧至对象	⋒	在调整圆、矩形、线条等对象之间的位置时使之贴紧对象，在设置引导动画路径时使对象自动粘贴到引导线
	平滑	⤳	使选中的图形更加平滑，多次单击该按钮具有累积效应
	伸直	⤙	使选中的图形更加平直，多次单击该按钮具有累积效应

1.4.5 "时间轴"面板

"时间轴"面板包括两部分，即图层区域和时间线区域，如图 1.7 所示。

功能

用于管理动画中的图层和帧。

调用方式

- 通过选择"窗口"→"时间轴"命令可以显示或隐藏"时间轴"面板。

图 1.7 "时间轴"面板

1.4.6 场景和舞台

在当前界面中，用于设置动画内容的整个区域称为"场景"。最终动画显示场景中矩形区域内的内容，这个区域被称为"舞台"。舞台之外的灰色区域则称为"工作区"。

功能

场景对影片中各对象进行编辑、修改的场所。

1.4.7　"属性"面板

"属性"面板根据当前选定内容的不同，可以显示当前文档、文本、元件、形状、位图、视频、群组、帧或工具的信息和设置。当选定了两个或多个不同类型的对象时，它会显示选定对象的总数。"属性"面板会根据用户选择对象的不同而变化，以反映当前对象的各种属性，如图 1.8 所示。

功能

可以查看舞台或时间轴上当前选定项的常用属性，并可对对象的相应属性进行设置。

调用方式

- 通过选择"窗口"→"属性"命令可以显示或隐藏"属性"面板。

图 1.8　"属性"面板

1.4.8　浮动控制面板

浮动控制面板一般位于工作界面的右侧，它们可以单独拖动出来，还可以收缩起来，从而节省屏幕的空间。

功能

可以预览、组织和改变文档中的元素，利用面板中的可用选项可控制元件、实例、颜色、文字、帧及其他元素的特征。

调用方式

- 通过"窗口"菜单的下拉列表中可以显示或隐藏需要的面板。

1.4.9　创建 Flash 文档

在 Flash 中，可以创建新文档或打开以前保存的文档，并可以使用"属性"面板或"文档属性"对话框中来设置新文档或现在文档的大小、帧频、背景颜色和其他属性。

功能

创建一个空白的 Flash 文档。

调用方式

- 使用"开始"页创建新文档。

- 使用"文件"→"新建"命令，打开"新建文档"对话框，在"常规"选项卡上选择"Flash 文档"，然后单击"确定"按钮。
- 单击主工具栏中的"新建"按钮，可以创建新的 Flash 文档。

【边学边练 1.1】使用第二种方法创建一个 Flash 文档。

（1）单击"文件"菜单，如图 1.9 所示。

图 1.9　单击"文件"菜单

（2）在弹出的文件菜单的级联菜单中，单击"新建"命令，如图 1.10 所示。

图 1.10　选择"新建"命令

（3）在弹出的"新建文档"对话框中的"常规"标签下，选择"Flash 文件（ActionScript 2.0）"，然后单击对话框右下角的"确定"按钮，如图 1.11 所示。

图 1.11　创建 Flash 文档

1.4.10　打开 Flash 文档

在 Flash 中，可以创建新文档或打开以前保存的文档，并可以使用"属性"面板或"文档属性"对话框来设置新文档或现在文档的大小、帧频、背景颜色和其他属性。

功能

打开已经存在的 Flash 文档。

调用方式

- 使用"开始"页打开 Flash 文档。
- 使用"文件"→"打开"命令，打开"打开"对话框，在"打开"对话框中定位文件所在的路径并选择文件，然后单击"打开"按钮。
- 单击主工具栏中的"打开"按钮，打开"打开"对话框，在"打开"对话框中定位文件所在的路径并选择文件，然后单击"打开"按钮。

【边学边练 1.2】使用第三种方法打开一个已经存在的 Flash 文档。

（1）单击主工具栏中的"打开"按钮，如图 1.12 所示。

图 1.12　单击"打开"按钮

（2）在弹出的"打开"对话框中的"查找范围"定位文件路径。本例选择"F:\教学内容\flash 课程\我的练习"，如图 1.13 所示。

图 1.13　定位文件路径

（3）在定位文件路径后，选择所要打开的 Flash 文档。本例选择"播放器"。然后单击对话框右下角的"打开"按钮，如图 1.14 所示。

图 1.14　选择 Flash 文档

1.4.11　设置文档属性

创建新文档或打开现有文档后，可根据需要设置或修改文档的相关属性。文档的属性包括大小（尺寸）、背景颜色、帧频等。

功能

根据需要设置或修改文档的相关属性。

调用方式

- 使用"属性"面板设置文档属性。
- 鼠标右键单击舞台或工作区，在弹出的快捷菜单中设置文档属性。

【边学边练 1.3】使用第一种方法设置文档属性。

（1）在不选中文档中的任何对象的情况下，执行"窗口"→"属性"命令，将"属性"面板打开，（如果"属性"面板已经打开，则可以省去这一步）如图 1.15 所示。

图 1.15　"属性"面板

（2）单击"属性"面板中的"大小"按钮，打开"文档属性"对话框，如图 1.16 所示。

图 1.16 "文档属性"对话框

（3）在"尺寸"后面的编辑框中直接输入文档的大小值，便可以设置文档的大小。本例设置为 780px×440px，如图 1.17 所示。

图 1.17 设置文档大小

专家指导

在设置文档大小时，默认的文档大小为 550px×400px，并且最小尺寸为 1px× 1px，最大尺寸为 2880px×2880px。要将舞台设置为最大可用打印区域，可单击"匹配"后的"打印机"单选按钮；要使舞台的大小恰好容纳当前影片的内容，可单击"匹配"后的"内容"单选按钮；如果要将当前的尺寸设置为默认尺寸，可单击"匹配"后的"默认"单选按钮。

（4）要设置文档的背景颜色，可以单击"背景颜色"按钮，然后从弹出颜色列表中进行选择。本例选择"黑色"，如图 1.18 所示。

图 1.18　设置背景颜色

（5）在"帧频"文本框中输入每秒要播放的动画帧数。本例设置帧频为 24fps。如图 1.19 所示。

图 1.19　设置帧频

（6）如果需要的话，在"标尺单位"后的下拉列表框中选择一种数量单位，然后单击"确定"按钮，完成文档属性的设置。

1.4.12　保存 Flash 文档

Flash 文档创建完成后，就可以将它保存。

调用方式

● 通过选择"文件"→"保存"命令，或者"文件"→"另存为"命令。

【边学边练 1.4】保存 Flash 文档。

（1）单击"文件"菜单，在弹出的级联菜单中选择"保存"或者"另存为"命令，如图 1.20 所示。

图 1.20　"文件"级联菜单

（2）弹出"另存为"对话框，通过"保存在"下拉列表框，定位保存位置。然后在下侧的"文件名"列表框中输入文档名称，单击"确定"按钮即可完成保存操作，如图 1.21 所示。

图 1.21　"另存为"对话框

1.5　实训项目——新建名为"第 1 章示例"的 Flash 文档

【实训目的】

练习新建 Flash 文档，并更改文档属性设置，最后完成文档的保存操作。本例新建"第 1 章示例"文档，将文档大小设置为 300px×100px，背景颜色为红色。

【上机准备】

（1）熟练掌握新建 Flash 文档的操作。
（2）掌握文档属性的设置方法。
（3）掌握文档的保存方法。

【上机操作】

最终的效果图如图 1.22 所示。

图 1.22　效果图

具体操作步骤如下。

（1）在 Flash CS3 应用程序中，单击"文件"菜单，在弹出的"文件"级联菜单下选择"新建"命令，如图 1.23 所示。

图 1.23　"文件"级联菜单

（2）在弹出的"新建文档"对话框中的"常规"标签下，选择"Flash 文件（ActionScript 2.0）"类型，然后单击"确定"按钮，如图 1.24 所示。

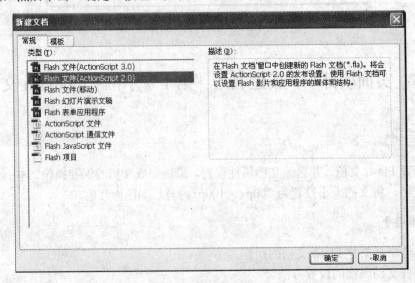

图 1.24　"新建文档"对话框

（3）在新建的 Flash 文档中，单击"属性"面板中的"大小"按钮，如图 1.25 所示。

图 1.25　单击"大小"按钮

（4）在弹出的"文档属性"对话框中，设置文档大小为 300px×100px，背景颜色为红色，然后单击"确定"按钮，如图 1.26 所示。

图 1.26　"文档属性"对话框

（5）单击"文件"菜单，在弹出的级联菜单中选择"保存"命令，如图 1.27 所示。

图 1.27　"文件"级联菜单

（6）在弹出的"另存为"对话框中，将文档保存在"F:\book\flash-高\flash 高-实例\第 1 章"中，名称为"第 1 章示例"，然后单击"确定"按钮即可完成保存操作，如图 1.28 所示。

图 1.28　"另存为"对话框

1.6　习　　题

1. 选择题

（1）工具箱中的缩放工具属于（　　）。

　　A．绘图区域　　　B．查看区域　　　C．颜色区域　　　D．选项区域

（2）Flash CS3 应用程序中的场景指（　　）。

　　A．场景就是舞台　　　B．设置动画内容的整个区域

　　C．工作区　　　　　　D．舞台与工作区组成

（3）"时间轴"面板的功能是（　　）。

　　A．管理动画的图层　　　B．管理动画的帧

　　C．管理动画的图层与帧　D．就是管理时间

（4）Flash 文档的默认大小是（　　）。

　　A．1px×1px　　B．550px×400px　　C．780px×440px　　D．780px×400px

（5）打开已经存在的 Flash 文档有（　　）种方法。

　　A．1　　　　B．2　　　　C．3　　　　D．4

2. 填空题

（1）要打开或隐藏工具箱应该选择_____命令。

（2）Flash 动画有_____、_____、_____、_____、_____和_____
等特点。

（3）"时间轴"面板的作用是_____。

（4）要打开"属性"面板，应该选择_____命令或按下_____组合键。

（5）创建 Flash 文档常用的有_____、_____、_____3种方式。

3. 上机操作题

（1）在 Flash 应用程序中，隐藏"属性"面板、打开"对齐"面板及"库"面板。设计效果如图 1.29 所示。

图 1.29　管理面板

（2）设置文档属性，大小为 780px×440px，背景颜色为蓝色，帧频为 24fps。设计效果如图 1.30 所示。

图 1.30　设置文档属性

（3）创建一个新文档，在其中绘制一个圆。设计效果如图 1.31 所示。

图 1.31　舞台中的圆

第 2 章

工 具 箱

本章知识点概述

Flash 动画是由图形组成的，图形是最基础的元素，在 Flash 应用软件中也提供了制作图形的工具，即工具箱。本章将详细介绍 Flash CS3 工具箱中各种工具的使用方法以及各项属性的设置方法。通过本章的学习，读者可以全面了解 Flash CS3 中各种常用工具的功能，并熟练使用这些工具绘制各种各样的矢量图形以及对图形进行编辑、修饰等操作。

本章所含知识点

- ➢ 绘图工具
- ➢ 填充工具
- ➢ 编辑工具

知识重点

- ➢ 工具箱中的各工具的使用方法

知识难点

- ➢ 工具箱中的各工具的使用方法

2.1 Flash 的图形格式

2.1.1 位图

位图以像素的点作为存储图像，这些像素点在图像中会显得异常绚丽。但是，当图像放大时会出现马赛克现象（如图 2.1 所示）。而且由于位图用像素点方式来存储，所以一般来说位图图像会比矢量图大。当然，并不是说所有的矢量图都比位图小。如果线条特别复杂，图像色彩内容也特别复杂，完全相同的图像矢量图也可能会比位图大，但这样的情况并不常发生。

图 2.1　位图图形放大效果

2.1.2 矢量图

矢量图是计算机利用点和线的属性方式来表达的图像。可以通过对图像中的点进行移动以达到修改图像的目的。矢量图的特点在于图像文件小，而且对于图像的放大和缩小均不会影响图像的质量，如图 2.2 所示。

图 2.2　矢量图形放大效果

2.2　工具箱的使用

工具箱是 Flash 应用程序中制作图形的工具的集合。通过工具箱可以实现图形的绘制、填充、编辑等操作。依据工具箱中工具的不同功能，可以将工具分为绘制图形工具、填充图形工具、编辑图形工具。下面就来详细介绍各种工具的使用方法。

2.2.1 绘制图形工具

Flash 中的工具箱主要用于图形的绘制、选取以及其他一些对图形的基本操作。其中用于基本图形绘制的主要有线条工具、钢笔工具、铅笔工具、椭圆工具、矩形工具和文本工具。下面就分别介绍一下这 6 种绘图工具。

1. 线条工具

功能

用于绘制任意的直线线段。

调用方式

- 在工具箱中单击 ╱ 按钮。

【边学边练 2.1】对线条工具及"属性"面板的操作。

使用"属性"面板对直线的一些属性进行设置，如线粗、颜色、类型等。在设置直线的属性时，可以在选择线条工具后，直接在"属性"面板中设置线条的相关属性；也可以在绘制完直线后，再设置直线的属性。

先设置属性再绘制直线的操作步骤如下。

（1）单击工具箱中的线条工具，如图 2.3 所示。

图 2.3　单击线条工具

（2）单击"属性"面板中的■按钮，如图 2.4 所示。

图 2.4　单击笔触颜色按钮

（3）在弹出的笔触颜色列表框中，选择笔触颜色。本例中选择蓝色，如图 2.5 所示。

（4）在"属性"面板中设置好线条工具的颜色后，按住鼠标在舞台上拖动，绘制出一条直线，如图 2.6 所示。

图2.5 选择笔触颜色

图2.6 绘制直线

（5）在"属性"面板中，单击线型后的下拉按钮，如图2.7所示。

图2.7 单击下拉列表按钮

（6）在弹出的线型列表框中，选择直线线型。本例中选择虚线，如图2.8所示。

图2.8 选择线型

（7）在"属性"面板中，单击线条粗细后的下拉按钮，如图2.9所示。

图2.9 单击粗细后的下拉按钮

（8）在弹出的线条粗细列表框中，拖动控制块完成线条粗细的设置。本例设置线条粗细为5，如图2.10所示。

图2.10 设置线条粗细

（9）在"属性"面板中设置好线条工具的线型后，按住鼠标在舞台上拖动，绘制出一条直线，如图 2.11 所示。

图 2.11　绘制直线

（10）或者单击"属性"面板中的"自定义"按钮，如图 2.12 所示。

图 2.12　单击"自定义"按钮

（11）在弹出的"笔触样式"对话框中，在"粗细"后的文本框中设置线条的粗细，可以直接输入也可以在下拉列表框中选择线条的粗细值。本例设置直线的粗细为 2，如图 2.13 所示。

图 2.13　设置线条粗细

（12）在"类型"后的下拉列表框中选择线条类型，在对应的"点距"后的文本框中输入点距值。本例设置直线的类型为"点状线"，点距值为 5，如图 2.14 所示。

图 2.14　设置类型与点距

（13）单击"确定"按钮，确认线条属性的设置。按住鼠标在舞台上拖动，绘制出一条直线，如图 2.15 所示。

图 2.15 绘制直线

先绘制直线再设置直线的属性，操作步骤如下。

（1）单击工具箱中的线条工具，如图 2.16 所示。

（2）按住鼠标在舞台上拖动，绘制出一条直线，如图 2.17 所示。

图 2.16 单击线条工具

图 2.17 绘制直线

（3）单击工具箱中的选择工具，如图 2.18 所示。

（4）在舞台中单击绘制的直线，将直线选中，如图 2.19 所示。

图 2.18 单击选择工具

图 2.19 选中直线

（5）单击"属性"面板，在"属性"面板中设置直线的颜色、类型、粗细。本例设置线条颜色为红色，粗细为 4，线型为实线。效果如图 2.20 所示。

图 2.20 设置直线属性

（6）另外，在"属性"面板中可以设置直线的端点类型。直线的端点类型包括"无"、"圆角"、"方形"3种，可以在绘制线条前设置好线条属性，也可以在绘制完后重新修改线条的这些属性。单击"属性"面板中的"端点"按钮，如图2.21所示。

图 2.21 单击"端点"按钮

（7）在"属性"面板中弹出端点的3种类型，从中选择需要设置的端点的类型，如图 2.22 所示。

（8）设置好直线的端点类型后，在舞台中可以看到3种直线的端点的类型效果，如图 2.23 所示。

图 2.22 选择端点类型

图 2.23 三种端点类型效果

（9）同理，可以在"属性"面板中设置接合的类型。接合指的是在线段的转折处也就是拐角的地方，线段以何种方式呈现拐角形状。直线的接合有"尖角"、"圆角"、"斜角"3种方式。可以在绘制线条前设置好线条属性，也可以在绘制完后重新修改线条的这些属性。单击"属性"面板中的"接合"按钮，如图2.24所示。

图 2.24 单击"接合"按钮

（10）在"属性"面板中弹出接合的3种类型，从中选择需要设置的接合的类型，如图 2.25 所示。

（11）设置好直线的接合类型后，在舞台中可以看到3种直线的接合的类型效果，如图 2.26 所示。

专家指导

当使用线条工具在舞台中绘制直线时，如果在绘制的同时按住 Shift 键，可以绘制出水平、垂直或者倾斜45度角的直线。

图 2.25　选择接合类型

图 2.26　三种接合效果

2. 钢笔工具

功能

可绘制任意形状的图形及矢量线，也可作为选择工具使用。

调用方式

● 　在工具箱中单击 按钮。

【边学边练2.2】对钢笔工具的操作。

（1）单击工具箱中的钢笔工具，如图 2.27 所示。

（2）在舞台上单击，确定图形的起始点位置，将鼠标移到舞台中的其他位置单击，确定另一点的位置，在这两点之间便出现一条直线，如图 2.28 所示。

（3）继续在舞台上的其他位置单击，确定另一条线的终点位置，便在此两点之间又出现一条直线，如图 2.29 所示。

图 2.27　单击钢笔工具

图 2.28　绘制直线

图 2.29　绘制直线

（4）以上操作是在舞台中绘制直线，下面的操作便是在舞台中绘制曲线。在舞台中的其他位置按住鼠标，拖动鼠标便会出现控制柄，通过调整控制柄，可以调整出一条曲线，如图 2.30 所示。

（5）在舞台中的其他位置单击或者按住鼠标拖动，可以继续绘制出直线或者曲线，如图 2.31 所示。

图 2.30　绘制曲线

图 2.31　绘制直线和曲线

（6）在舞台中双击，完成图形的绘制操作，如图 2.32 所示。

（7）如果在图形的起始位置双击，此时，可以绘制出一个有填充色的封闭图形，如图 2.33 所示。

图 2.32　双击后的效果

图 2.33　绘制封闭图形

专家指导

①设置钢笔工具绘制的线段或者图形属性的操作同设置直线属性的操作一致；
②钢笔工具也可作为勾画图形的选择工具使用。

3. 铅笔工具

功能

主要用于绘制矢量线和任意形状的图形。

调用方式

- 在工具箱中单击 ✐ 按钮。

【边学边练 2.3】对铅笔工具的操作。

（1）单击工具箱中的铅笔工具，如图 2.34 所示。

（2）在工具箱中的选项区域中单击"铅笔模式"按钮，如图 2.35 所示。

图 2.34　单击铅笔工具

图 2.35　单击"铅笔模式"按钮

（3）在弹出的铅笔模式中选择一种模式。本例选择"直线化"模式，如图 2.36 所示。

专家指导

直线化模式，在绘制线段时，系统会自动将其线段转变成直线，将其中的角度锐化；平滑模式，系统会自动将其线段进行平滑处理；墨水模式，系统会最大限度的保持线段原样。

（4）在舞台中按住鼠标，拖动鼠标完成线段及图形的绘制，如图 2.37 所示。

图 2.36　选择铅笔模式

图 2.37　绘制图形

4. 椭圆工具

功能

用于绘制实心或空心的椭圆和正圆。

调用方式

- 单击矩形工具右下角的小三角形，在弹出的列表框中选择 ○（椭圆工具）。

【边学边练 2.4】对椭圆工具的操作。

（1）单击矩形工具右下角的小三角形，在弹出的列表框中选择椭圆工具，如图 2.38 所示。

（2）在工具箱中的颜色区域中单击"笔触颜色"按钮，如图 2.39 所示。

图 2.38　选择椭圆工具

图 2.39　单击"笔触颜色"按钮

（3）在弹出的笔触颜色列表框中，单击"无色"按钮，如图 2.40 所示。

（4）在工具箱中的颜色区域中单击"填充颜色"按钮，如图 2.41 所示。

图 2.40　单击"无色"按钮

图 2.41　单击"填充颜色"按钮

（5）在弹出的填充颜色列表框中，选择椭圆的颜色。本例选择蓝色，如图 2.42 所示。

（6）在舞台中按住鼠标，拖动鼠标完成椭圆的绘制，如图 2.43 所示。

图 2.42 选择填充颜色

图 2.43 绘制椭圆

若要使用椭圆工具绘制没有填充颜色有边框线的圆，可执行以下操作。

（1）单击矩形工具右下角的小三角形，在弹出的列表框中选择椭圆工具，如图 2.44 所示。

（2）在工具箱中的颜色区域中单击"笔触颜色"按钮，如图 2.45 所示。

图 2.44 选择椭圆工具

图 2.45 单击"笔触颜色"按钮

（3）在弹出的笔触颜色列表框中，选择笔触颜色。本例选择蓝色，如图 2.46 所示。

（4）在工具箱中的颜色区域中单击"填充颜色"按钮，如图 2.47 所示。

图 2.46 选择笔触颜色

图 2.47 单击"填充颜色"按钮

（5）在弹出的填充颜色列表框中，单击"无色"按钮，如图 2.48 所示。

（6）在舞台中按住鼠标，拖动鼠标完成椭圆的绘制，如图 2.49 所示。

图 2.48 单击"无色"按钮

图 2.49 绘制椭圆

若要使用椭圆工具绘制有填充颜色有边框线的圆，可执行以下操作。

（1）单击工具箱中的椭圆工具，如图 2.50 所示。

（2）在工具箱中的颜色区域中单击"笔触颜色"按钮，如图 2.51 所示。

图 2.50　选择椭圆工具

图 2.51　单击"笔触颜色"按钮

（3）在弹出的笔触颜色列表框中，选择笔触颜色。本例选择蓝色，如图 2.52 所示。

（4）在工具箱中的颜色区域中单击"填充颜色"按钮，如图 2.53 所示。

图 2.52　选择笔触颜色

图 2.53　单击"填充颜色"按钮

（5）在弹出的填充颜色列表框中，选择填充颜色。本例选择红色，如图 2.54 所示。

（6）在舞台中按住鼠标，拖动鼠标完成椭圆的绘制，如图 2.55 所示。

图 2.54　选择填充颜色

图 2.55　绘制椭圆

专家指导

①椭圆工具绘制的图形分为两部分，一部分是图形的轮廓线，另一部分是图形的填充颜色；②在使用椭圆工具绘制图形时按住 Shift 键，绘制的是一个正圆。

5. 矩形工具

功能

用于绘制实心或空心的矩形、圆角矩形、正方形、多边形、星形。

调用方式

* 在工具箱中单击🔲按钮。

【边学边练 2.5】对矩形工具的操作。

使用矩形工具绘制实心或空心的图形的操作方法与绘制椭圆的操作方法一样。绘制圆角矩形的操作步骤如下。

（1）单击工具箱中的矩形工具，如图 2.56 所示。

（2）在"属性"面板中，删除边角半径原有的值，如图 2.57 所示。

图 2.56　选择矩形工具　　　　　　　　图 2.57　删除边角半径的值

（3）在 🔲 中，设置边角半径为 30 点，如图 2.58 所示。

（4）在舞台中按住鼠标，同时拖动鼠标绘制出一个圆角矩形，如图 2.59 所示。

图 2.58　设置边角半径　　　　　　　　图 2.59　绘制圆角矩形

绘制多边形的操作步骤如下。

（1）单击工具箱中的矩形工具右下角的小三角形，在弹出的矩形工具列表框中选择多角星形工具，如图 2.60 所示。

图 2.60　选择多角星形工具

（2）在多角星形工具的"属性"面板中，单击"选项"按钮，如图 2.61 所示。

图 2.61　单击"选项"按钮

（3）在弹出的"工具设置"对话框中的"样式"后的下拉列表框中选择"多边形"，如图 2.62 所示。

图 2.62　设置样式

（4）在"边数"后的文本框中输入所要绘制的多边形的边数。本例为 6 边形，如图 2.63 所示。

图 2.63　设置边数

（5）在舞台中按住鼠标，同时拖动鼠标绘制出一个 6 边形，如图 2.64 所示。

图 2.64　绘制多边形

绘制星形的操作步骤如下。

（1）单击工具箱中的矩形工具右下角的小三角形，在弹出的矩形工具列表框中选择多角星形工具，如图 2.65 所示。

图 2.65　选择多角星形工具

（2）在多角星形工具的"属性"面板中，单击"选项"按钮，如图 2.66 所示。

图 2.66　单击"选项"按钮

（3）在弹出的"工具设置"对话框中，在"样式"后的下拉列表框中选择"星形"，如图 2.67 所示。

（4）在"边数"后的文本框中输入所要绘制的星形的边数。本例为 5 边形，如图 2.68 所示。

图 2.67　设置样式

图 2.68　设置边数

（5）在"星形顶点大小"后的文本框中输入所要绘制的星形的顶点的大小。本例为 0.2，如图 2.69 所示。

（6）在舞台中按住鼠标，同时拖动鼠标绘制出一个 5 角星形，如图 2.70 所示。

图 2.69　设置星形顶点大小

图 2.70　绘制星形

6. 文本工具

功能

主要用于动画中文字的输入与设置。

调用方式

● 在工具箱中单击**T**按钮。

【边学边练2.6】对文本工具的操作。

(1)单击工具箱中的文本工具,如图2.71所示。

图2.71 单击文本工具

(2)在舞台中单击,此时在舞台上便会出现一个右上角为圆形的文本框,如图2.72所示。

(3)在文本框中输入文本。本例输入"flash",如图2.73所示。

图2.72 单击鼠标

图2.73 输入文本

(4)或者,在舞台中按住鼠标,同时拖动鼠标绘制出一个文本框,如图2.74所示。

(5)在绘制出的文本框中输入文本"flash",如图2.75所示。

图2.74 绘制文本框

图2.75 输入文本

使用文本工具在舞台中单击和绘制文本框的操作方法结果有区别。①单击鼠标方法的结果是，文本框中文本不会自动换行，如果要换行，可以按 Enter 键，也可以用鼠标拖动文本框右上角的圆，将圆变为方形完成自动换行操作；②绘制文本框的方法结果是，可以自动换行。如果变为单行，则双击右上角的方形，将它变为圆形即可完成单行操作。

专家指导

2.2.2 填充图形工具

Flash 中用于图形填充的工具主要有刷子工具、墨水瓶工具、颜料桶工具、渐变变形工具以及滴管工具 5 种工具。下面就分别介绍这 5 种图形填充工具。

1. 刷子工具

功能

用于绘制图形或者为图形填充颜色。

调用方式

- 在工具箱中单击 ✐ 按钮。

【边学边练 2.7】对刷子工具的操作。

使用方法与铅笔工具的使用方法一样，只不过铅笔工具的颜色通过"笔触颜色"按钮设置，而刷子工具的颜色通过"填充颜色"按钮设置。在绘图时，可以选择不同的刷子形状及大小。选择刷子工具后，可以在工具箱的颜色区域中为刷子工具填充颜色，在选项区域中设置刷子工具的附加选项，包括刷子的形状、大小及模式。

（1）单击工具箱中的刷子工具，将刷子工具选中，如图 2.76 所示。

（2）在工具箱的选项区域中，单击刷子大小后的下拉列表框，在刷子大小列表框中选择刷子工具的大小，如图 2.77 所示。

图 2.76 单击刷子工具

图 2.77 选择刷子大小

（3）在工具箱的选项区域中，单击"刷子形状"后的下拉列表框，在刷子形状列表框中选择刷子工具的形状，如图 2.78 所示。

（4）在工具箱的颜色区域中，单击"填充颜色"按钮，设置刷子工具的颜色。本例选择蓝色，如图 2.79 所示。

（5）在舞台中按住鼠标同时拖动鼠标绘制出图形，如图 2.80 所示。

图 2.78　选择刷子形状

图 2.79　设置刷子颜色

图 2.80　绘制图形

使用刷子工具为图形填充颜色。

（1）单击工具箱中的刷子工具，将刷子工具选中，如图 2.81 所示。

（2）在工具箱的颜色区域中，单击"填充颜色"按钮，设置刷子工具的颜色。本例选择红色，如图 2.82 所示。

图 2.81　单击刷子工具

图 2.82　设置刷子颜色

（3）在工具箱的选项区域中，单击"刷子大小"后的下拉列表框，在刷子大小列表框中选择刷子工具的大小，如图 2.83 所示。

（4）在工具箱的选项区域中，单击"刷子形状"后的下拉列表框，在刷子形状列表框中选择刷子工具的形状，如图 2.84 所示。

图 2.83　选择刷子大小

图 2.84　选择刷子形状

（5）在工具箱的选项区域中，单击"刷子模式"按钮，如图 2.85 所示。

（6）在弹出的刷子模式列表框中，可以看到有 5 种刷子模式，如图 2.86 所示。

图 2.85　单击刷子模式

图 2.86　刷子模式

（7）若选择"标准绘画"模式，可以覆盖同一图层上的线条和填充区域。在舞台中的图形上拖动鼠标效果如图 2.87 所示。

（8）若选择"颜料填充"模式，只覆盖同一图层中的填充区域。在舞台中的图形上拖动鼠标效果如图 2.88 所示。

图 2.87　标准绘画　　　　　　　　　　　图 2.88　颜料填充

（9）若选择"后面绘画"模式，绘制的图形会处于同一图层的最底层，不会覆盖同一图层中的任何部分。在舞台中的图形上拖动鼠标效果如图 2.89 所示。

（10）若选择"颜料选择"模式，只对选中的区域起作用，对选中的线段不起作用。在舞台中的图形上拖动鼠标效果如图 2.90 所示。

图 2.89　后面绘画　　　　　　　　　　　图 2.90　颜料选择

（11）若选择"内部绘画"模式，鼠标在图形的外部起笔，在舞台中的图形外拖动鼠标，此时绘制的图形会被原有图形覆盖。效果如图 2.91 所示。

（12）若选择"内部绘画"模式，鼠标在图形的内部起笔，在舞台中的图形上拖动鼠标，此时原有的区域会被覆盖。效果如图 2.92 所示。

图 2.91　外部起笔　　　　　　　　　　　图 2.92　内部起笔

2. 墨水瓶工具

功能

可以为矢量线段进行颜色的填充，也可用于为填充色块加上边框，但该工具不能对矢量色块进行填充。

调用方式

- 在工具箱中单击 按钮。

【边学边练 2.8】对墨水瓶工具的操作。

使用墨水瓶工具为线段填充颜色。

（1）单击工具箱中的墨水瓶工具，将墨水瓶工具选中，如图 2.93 所示。

（2）在工具箱的颜色区域中，单击"笔触颜色"按钮，在弹出的颜色列表框中选择笔触颜色。本例选中粉红色，如图 2.94 所示。

图 2.93　单击墨水瓶工具

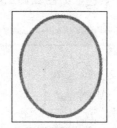

图 2.94　选择笔触颜色

（3）在原有图形的边框位置单击，如图 2.95 所示。

（4）此时，原有图形的边框颜色变为粉红色。效果如图 2.96 所示。

图 2.95　单击边框位置　　　　　　图 2.96　设置边框线颜色

使用墨水瓶工具为填充区域添加边框。

（1）单击工具箱中的墨水瓶工具，将墨水瓶工具选中，如图 2.97 所示。

（2）在工具箱的颜色区域中，单击"笔触颜色"按钮，在弹出的笔触颜色列表框中选择颜色。本例选中粉红色，如图 2.98 所示。

图 2.97　单击墨水瓶工具

图 2.98　选择笔触颜色

（3）在舞台中单击没有边框线的填充区域，如图 2.99 所示。

（4）此时，没有边框线的填充区域被添加上了颜色。效果如图 2.100 所示。

图 2.99　单击填充区域　　　　　　　　　图 2.100　添加边框线

3. 颜料桶工具

功能

主要用于对矢量图的某一区域进行填充。

调用方式

- 在工具箱中单击 ◇ 按钮。

【边学边练 2.9】对颜料桶工具的操作。

（1）单击工具箱中的颜料桶工具，将颜料桶工具选中，如图 2.101 所示。

（2）在工具箱的颜色区域中，单击"填充颜色"按钮，在弹出的颜色列表框中选择填充颜色。本例选中黄色，如图 2.102 所示。

图 2.101　单击颜料桶工具

图 2.102　选择填充颜色

（3）在原有图形的内部位置单击，如图 2.103 所示。

（4）此时，原有图形的填充颜色为黄色。效果如图 2.104 所示。

图 2.103　单击内部位置　　　　　　　　　图 2.104　填充后效果

专家指导

在使用颜料桶工具和墨水瓶工具时，注意两者之间的操作完全不一样，前者和填充区域有关系，后者是和线段有关系，在操作上一定要注意这一点。

4. 渐变变形工具

功能

主要用于对图形进行渐变色和位图的填充，该工具可以调整填充颜色的范围、方向、角度等，以达到特殊的色彩填充效果。

调用方式

● 在工具箱中单击任意变形工具下拉列表，从弹出的列表框中选择 ⬚（渐变变形工具）。

【边学边练 2.10】对渐变变形工具的操作。

调整放射状填充：

（1）在工具箱中单击任意变形工具下拉列表，从弹出的列表框中选择渐变变形工具，如图 2.105 所示。

（2）单击舞台中的图形填充区域，这时在椭圆的周围出现了一个渐变圆圈，在圆圈上共有四个圆形或方形的控制点，如图 2.106 所示。

（3）将鼠标指针放在渐变圆长宽控制点上，向外拖动鼠标，调整渐变圆的长宽比例，如图 2.107 所示。

图 2.105　选择渐变变形工具　　图 2.106　单击图形填充区域　　图 2.107　调整渐变圆长宽控制点

（4）将鼠标指针放在渐变圆大小控制点上，向内拖动鼠标，调整渐变圆的大小，如图 2.108 所示。

（5）将鼠标指针放在渐变圆方向控制点上，拖动鼠标使它旋转，调整渐变圆的倾斜方向，如图 2.109 所示。

图 2.108　设置渐变圆大小　　　　　　图 2.109　调整渐变圆方向

（6）将鼠标指针放在渐变圆中心控制点上，向左侧移动鼠标，将填充中心亮点的位置向左侧移动，如图 2.110 所示。

（7）通过控制圆圈上的四个控制点，填充圆的填充效果如图 2.111 所示。

图 2.110　调整渐变圆亮点

图 2.111　调整后效果

调整线性渐变填充。

（1）单击工具箱中的渐变变形工具，将渐变变形工具选中，如图 2.112 所示。

（2）单击舞台中的图形填充区域，此时在椭圆上出现了两条平行线，这两条平行线是渐变线，共有三个圆形或方形的控制点，如图 2.113 所示。

图 2.112　单击渐变变形工具

图 2.113　单击图形填充区域

（3）将鼠标指针放在渐变线距离控制点上，向外拖动鼠标，调整填充的渐变线的距离，如图 2.114 所示。

（4）将鼠标指针放在渐变线方向控制点上，向左拖动鼠标，调整渐变线的倾斜方向，如图 2.115 所示。

图 2.114　调整渐变距离

图 2.115　设置渐变方向

（5）将鼠标指针放在渐变线中心控制点上，向上拖动鼠标，调整渐变中心的位置，如图 2.116 所示。

（6）通过控制线上的 3 个控制点，填充圆的填充效果如图 2.117 所示。

图 2.116　调整渐变中心的位置　　　图 2.117　调整后效果

5. 滴管工具

功能

用于从指定的位置获取色块或线段的颜色。

调用方式

* 在工具箱中单击 ✏ 按钮。

【边学边练 2.11】对滴管工具的操作。

（1）单击工具箱中的滴管工具，将滴管工具选中，如图 2.118 所示。

（2）移动鼠标到舞台中的图形的边框线上，如图 2.119 所示。

（3）在图形的边框线上单击，此时滴管工具自动变为墨水瓶工具，如图 2.120 所示。

图 2.118　单击滴管工具　　　图 2.119　单击边框线　　　图 2.120　变为墨水瓶工具

（4）同理，将鼠标放在舞台图形的填充区域单击，如图 2.121 所示。

（5）此时滴管工具自动变为颜料桶工具，如图 2.122 所示。

图 2.121　单击填充区域　　　　　　图 2.122　变为颜料桶工具

2.2.3　编辑图形工具

利用工具栏中的工具可对图形进行各种编辑，如利用选择工具、部分选择工具、套索工具可以选择图形，利用任意变形工具可对图形进行缩放、旋转等操作，利用橡皮擦工具可擦除图形。下面就分别介绍这 5 种工具。

1. 选择工具

功能

共有 3 个功能，分别是选取对象、移动对象、改变对象的形状。

调用方式

- 在工具箱中单击 按钮。

【边学边练 2.12】对选择工具的操作。

选取对象。

（1）单击工具箱中的选择工具，将选择工具选中，如图 2.123 所示。

图 2.123　单击选择工具

（2）使用鼠标在舞台中从图形外的左上角向右下角拖动，将整个图形选中即可完成选取操作，如图 2.124 所示。

（3）将鼠标放置在图形的填充区域双击即可完成图形的选取操作，如图 2.125 所示。

图 2.124　框选对象　　　　　　　　图 2.125　双击选中对象

移动对象。

（1）单击工具箱中的选择工具，将选择工具选中，如图 2.126 所示。

图 2.126　单击选择工具

（2）使用鼠标在舞台中从图形外的左上角向右下角拖动，将整个图形选中，如图 2.127 所示。

（3）按住鼠标将图形向左侧拖动，移动图形的位置，如图 2.128 所示。

 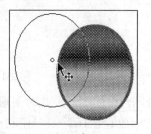

图 2.127　选中对象　　　　　　　　　图 2.128　移动对象

改变对象形状：

（1）单击工具箱中的选择工具，将选择工具选中，如图 2.129 所示。

图 2.129　单击选择工具

（2）将鼠标放置在图形边框处，当鼠标下侧出现弧线时，即可对它进行变形操作，如图 2.130 所示。

（3）按住鼠标向内拖动鼠标，将图形的形状改变，如图 2.131 所示。

图 2.130　放置鼠标　　　　　　　　　图 2.131　拖动鼠标

2. 部分选择工具

功能

用于编辑对象的形状。

调用方式

● 在工具箱中单击 ↳ 按钮。

【边学边练 2.13】对部分选择工具的操作。

（1）单击工具箱中的部分选择工具，将部分选择工具选中，如图 2.132 所示。

图 2.132　单击部分选择工具

（2）单击舞台中的图形，此时图形四周出现多个控制点，如图 2.133 所示。

（3）将鼠标放置在任意一个控制点处，拖动鼠标便可以更改图形的形状，如图 2.134 所示。

图 2.133　框选对象　　　　　　　　图 2.134　拖动鼠标

专家指导

在调整图形的形状时，如果按住键盘的 Alt 键，拖动控制点的一端，可以改变控制点一侧曲线的形状。

3. 套索工具

功能

常用于选取不规则的物体。

调用方式

● 在工具箱中单击 ♀ 按钮。

【边学边练 2.14】对套索工具的操作。

（1）单击工具箱中的套索工具，将套索工具选中，如图 2.135 所示。

（2）在舞台中的图形上拖动鼠标，绘制一个封闭的区域，如图 2.136 所示。

图 2.135　单击套索工具　　　　　　图 2.136　绘制封闭区域

（3）释放鼠标，便将图形的一部分区域选中，效果如图 2.137 所示。

（4）通过选择工具可以将选中的图形的一部分拖动出来，如图 2.138 所示。

图 2.137　选中区域

图 2.138　移动区域

魔术棒工具的使用。

（1）在工具箱套索工具对应的选项区域中，单击"魔术棒设置"按钮，如图 2.139 所示。

（2）在弹出的"魔术棒设置"对话框中设置阈值。本例设为 10，单击"确定"按钮完成魔术棒的设置，如图 2.140 所示。

图 2.139　单击"魔术棒设置"按钮

图 2.140　设置阈值

专家指导　在"魔术棒设置"对话框中可以设置选取图形颜色的范围。其中"阈值"用于设置选取区域内邻近颜色的相近程度，参数值越大选择的颜色越多，参数值越小选择的颜色越少；"平滑度"用于定义选取范围的平滑程序。

（3）设置魔术棒后，单击选项区域中的"魔术棒"按钮，如图 2.141 所示。

（4）移动鼠标在舞台中的对象上单击，将附近区域的颜色选中，如图 2.142 所示。

图 2.141　选中魔术棒

图 2.142　选择颜色

多边形模式工具的使用。

（1）在套索工具对应的选项区域中，单击"多边形模式"按钮，如图 2.143 所示。

（2）在舞台中移动鼠标到图形位置，单击确定选择区域的起始点，然后移动鼠标到其他的位置单击确定下一个点的位置，重复此操作直到结束位置，最后在结束位置双击即可完成多边形区域的选择。效果如图 2.144 所示。

图 2.143　单击多边形模式

图 2.144　选中区域

4. 任意变形工具

功能

用于对图形进行缩放、旋转、倾斜、翻转、透视、封套等变形操作，变形的对象既可以是矢量图，也可以是位图、文字。

调用方式

- 在工具箱中单击 按钮。

【边学边练 2.15】对任意变形工具的操作。

（1）单击工具箱中的任意变形工具，将任意变形工具选中，如图 2.145 所示。

（2）单击舞台上的图形，此时在舞台的图形四周出现 8 个控制点，如图 2.146 所示。

图 2.145　单击任意变形工具

图 2.146　单击图形

（3）将鼠标指针放在左右两侧的控制点上，左右拖动可以实现水平的缩放功能，如图 2.147 所示。

（4）将鼠标指针放在上下两侧的控制点上，上下拖动可以实现垂直的缩放功能，如图 2.148 所示。

图 2.147　水平缩放

图 2.148　垂直缩放

（5）将鼠标指针放在四个角上的控制点上，拖动鼠标可以实现图形任意比例的缩放，效果如图 2.149 所示。

（6）将鼠标指针放在水平边框上，鼠标指针变成 2 个单向箭头后，左右拖动可以实现水平方向上的变形，如图 2.150 所示。

图 2.149　任意缩放

图 2.150　水平变形

（7）将鼠标指针放在垂直边框上，鼠标指针变成 2 个单向箭头后，上下拖动可以实现垂直方向上的变形，效果如图 2.151 所示。

（8）在任意变形工具对应的选项区域中，单击"扭曲"按钮，如图 2.152 所示。

图 2.151　垂直变形

图 2.152　单击"扭曲"按钮

（9）单击舞台中的对象，并通过鼠标拖动左右两侧的控制点，实现垂直方向上的变形，如图 2.153 所示。

（10）单击舞台中的对象，并通过鼠标拖动四个角上的控制点，实现图形形状上的变形，如图 2.154 所示。

图 2.153　向上拖动控制点

图 2.154　拖动角部控制点

（11）在任意变形工具的对应选项区域中，单击"封套"按钮，如图 2.155 所示。

（12）单击舞台中的图形，此时在舞台中的图形四周出现 24 个控制点，如图 2.156 所示。

（13）拖动任意一个控制点都会使图形在形状上发生变化，如图 2.157 所示。

图 2.155 单击"封套"按钮　　图 2.156 单击图形　　图 2.157 拖动控制柄

5. 橡皮擦工具

功能

用于擦除整个图形或者图形的一部分，只能应用于打散了的图形。

调用方式

- 在工具箱中单击 ✐ 按钮。

【边学边练 2.16】对橡皮擦工具的操作。

（1）单击工具箱中的橡皮擦工具，将橡皮擦工具选中，如图 2.158 所示。

（2）在橡皮擦工具对应的选项区域中单击"橡皮擦形状"按钮，选择橡皮擦的大小，如图 2.159 所示。

图 2.158 单击橡皮擦工具

图 2.159 单击"橡皮擦形状"按钮

（3）单击"橡皮擦模式"按钮，如图 2.160 所示。

（4）在弹出的橡皮擦模式列表框中，有 5 种橡皮擦的模式，如图 2.161 所示。

图 2.160 单击"橡皮擦模式"按钮

图 2.161 橡皮擦模式列表框

（5）单击"标准擦除"模式，然后在舞台中的图形上拖动鼠标，擦除效果如图 2.162 所示。

（6）单击"擦除填色"模式，然后在舞台中的图形上拖动鼠标，擦除效果如图 2.163 所示。

图 2.162　标准擦除

图 2.163　擦除填色

（7）单击"擦除线条"模式，然后在舞台中的图形上拖动鼠标，擦除效果如图 2.164 所示。

（8）单击"擦除所选填充"模式，然后在舞台中的图形上拖动鼠标，擦除效果如图 2.165 所示。

图 2.164　擦除线条

图 2.165　擦除所选填充

（9）单击"内部擦除"模式，然后在舞台中的图形上拖动鼠标，擦除效果如图 2.166 所示。

图 2.166　内部擦除

2.3　实训项目——绘制雨伞

【实训目的】

为了更进一步加深对前面所学工具箱中各种工具的使用方法的操作，下面将举一个综合应用多个工具绘制图形的例子——绘制雨伞。

【上机准备】

（1）熟练掌握工具箱中的三大类工具。

（2）掌握复制与粘贴操作。

（3）掌握"修改"→"变形"菜单中的操作。

【上机操作】

最终的效果图如图 2.167 所示。

图 2.167 效果图

具体操作步骤如下。

（1）设置文档背景为蓝色。

（2）绘制一个圆，设置直径为 150，相对舞台居中。

（3）在圆面积的旁边绘制一条垂线，然后相对于舞台居中，如图 2.168 所示。

图 2.168 绘制垂线并居中

（4）将图形的多余部分删除，如图 2.169 所示。

（5）用选择工具将垂线向右拖动变成弧形，如图 2.170 所示。

图 2.169 删除多余部分

图 2.170 将垂线变形

（6）选中弧形，按 Ctrl+G 组合键将其组合，然后复制这个弧形组合。

（7）双击进入复制所得的组合中，再次向右拖动变形成弧，如图 2.171 所示。

（8）返回场景中，然后选中两个组合，通过执行"窗口"→"变形"命令，将"变形"面板拖出，在"旋转"文本框中输入 180，然后单击面板右下角的"复制并应用变形"按钮复制出另外两条弧线，如图 2.172 所示。

图 2.171　再次变形

图 2.172　复制

（9）选择复制的弧线，按方向键使其向左移动，如图 2.173 所示。

（10）选择所有图形，取消所有图形的组合。

（11）在图形上绘制一条直线，如图 2.174 所示。

图 2.173　调整位置

图 2.174　绘制水平直线

（12）分别选择图形中不需要的部分并删除，如图 2.175 所示。

（13）拖动线段使其变成弧线，如图 2.176 所示。

图 2.175　删除多余线条

图 2.176　变弧线

（14）执行"窗口"→"颜色"命令，打开"颜色"面板，在"类型"中选择"放射状"填充模式，设置左侧色块为紫色，右侧色块为橘黄色。

（15）用油漆桶工具填充伞面，如图 2.177 所示。

（16）将图中的所有线条删除。

（17）选中所有图形，将其组合成一个整体。

（18）使用线条工具，绘制一条直线，然后再绘制一个椭圆。

（19）删除图形中多余的部分。

（20）选择图形中下部的一小部分，现将线条色设置为橘红色，粗细为 4。

（21）选择所有图形，然后将其组合。最终效果如图 2.178 所示。

图 2.177 上色

图 2.178 最终效果

2.4 习 题

1. 选择题

（1）刷子工具模式除了标准绘画、颜料填充、后面绘画、内部绘画外，还有（ ）模式。

    A．外部绘画   B．颜料选择   C．选择绘画   D．线条绘画

（2）在 Flash 中，绘制两条相交的直线后，会有（ ）条直线。

    A．1 条   B．2 条   C．3 条   D．4 条

（3）选择工具的功能除了选取移动还有（ ）功能。

    A．删除   B．复制   C．变形   D．旋转

（4）多边形模式属于（ ）。

    A．任意变形工具

    B．渐变变形工具

    C．套索工具

    D．部分选择工具

（5）在 Flash 文档中输入文本只能使用（ ）。

    A．矩形工具   B．椭圆工具   C．文本工具   D．铅笔工具

2. 填空题

（1）需要绘制正方形和圆形时，应该在绘制时同时按_____键。

（2）铅笔工具有_____、_____、_____3 种模式。

（3）矩形工具列表框中包含_____、椭圆工具、基本矩形工具、基本随圆工具和_____5 个工具。

（4）在 Flash 中使用的图形包括_____和_____。

（5）颜料桶工具有_____、_____、_____和_____4 种模式。

3. 上机操作题

（1）运用工具箱中的工具绘制一个瓢虫，设计效果如图 2.179 所示。

图 2.179　瓢虫

（2）运用工具箱中的工具绘制一个高脚杯，设计效果如图 2.180 所示。

图 2.180　高脚杯

（3）运用工具箱中的工具绘制一个人物笑脸，设计效果如图 2.181 所示。

图 2.181　笑脸

第 3 章

常用控制面板

本章知识点概述

　　Flash CS3 对控制面板的设置进行了优化，把各个面板都集中放置到工作区域的右侧，用户可以随意将这些面板放置到任何位置或者放置回去。若要将面板展开或折叠，只需单击面板中的三角按钮即可。如果在工作区域的右侧没有自己需要的面板，可以从"窗口"菜单下找到相应的命令。

　　Flash CS3 中的面板很多，这里主要介绍一些常用于控制面板，如"信息"面板、"变形"面板、"颜色"面板、"对齐"面板。

本章所含知识点

> "信息"面板
> "对齐"面板
> "变形"面板
> "颜色"面板

知识重点

> "信息"面板的使用方法
> "对齐"面板的使用方法
> "变形"面板的使用方法
> "颜色"面板的使用方法

知识难点

> "对齐"面板的使用方法
> "变形"面板的使用方法

3.1　"信息"面板

功能

用于显示所选对象的各种信息，包括所选对象的宽/高值、所选对象的当前位置、鼠标经过时的颜色值、鼠标经过时的坐标值，同时，用户可以在这里重新设置对象的长/宽值与当前位置的坐标值。

调用方式

- 通过选择"窗口"→"信息"命令显示或隐藏"信息"面板。
- 使用 Ctrl+I 组合键。

【边学边练 3.1】设置对象的宽/高值与当前位置（设置对象的宽和高分别为 200）。

（1）使用工具箱中的选择工具，将舞台中的对象全部选中（包括边框线），如图 3.1 所示。

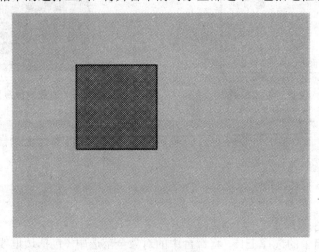

图 3.1　选中对象

（2）选择"窗口"→"信息"命令，如图 3.2 所示。

（3）此时，在工作区的右侧便出现了"信息"面板，如图 3.3 所示。

图 3.2　选择"信息"命令　　　　　图 3.3　"信息"面板

（4）在"信息"面板中，设置对象的宽为 200，然后按 Enter 键，如图 3.4 所示。

（5）舞台中对象的宽度设置完成后，它的形状发生变化，如图 3.5 所示。

图 3.4　设置对象的宽

图 3.5　设置对象宽后的效果

（6）同理，在"信息"面板中，设置对象的高为 200，然后按 Enter 键，如图 3.6 所示。

（7）舞台中对象的高度设置完成后，它的形状再次发生变化，如图 3.7 所示。

图 3.6　设置对象的高

图 3.7　设置对象高后的效果

专家指导

使用"信息"面板设置对象的宽与高，只能单独设置对象的宽与高，但不能保持纵横比设置对象的宽/高值。使用"属性"面板既可以单独设置对象的宽/高值，又可以保持纵横比设置对象的宽/高值。

设置舞台中对象的位置。

（1）使用工具箱中的选择工具，将舞台中的对象全部选中（包括边框线），如图 3.8 所示。

图 3.8　选中对象

（2）在"信息"面板中，设置对象的中心点与舞台的原点对齐，设置 X 轴和 Y 轴的坐标值为 0，然后按 Enter 键，如图 3.9 所示。

图 3.9　设置对象的位置

（3）设置好舞台中的对象的位置后，效果如图 3.10 所示。

图 3.10　设置对象位置后的效果

专家指导

在"信息"面板中，有 ⁛ （注册点/变形点）选项，此选项指定对象的中心点位置。默认情况下，元件的中心点在左上角，即 ⁛ （注册点/变形点）选项中，黑色控制点在左上角处。通过单击 ⁛ （注册点/变形点）选项中的左上角和中心位置可以调整对象中心点的位置。

（4）单击 ⁛ （注册点/变形点）选项中的中心点位置，将对象的中心点设置在中央位置。此时，在"信息"面板中设置 X 轴、Y 轴的坐标值为 0。效果如图 3.11 所示。

图 3.11　对齐原点后效果

舞台的原点位置在舞台的左上角，所以当对象的中心点与舞台的原点对齐时，对象要与舞台的左上角对齐。

专家指导

另外，在"信息"面板中还包括鼠标所经过处的坐标值，以及鼠标经过舞台上对象时对象的颜色值。

3.2 "对齐"面板

功能

可以对多个对象进行对齐、分布与匹配大小的操作。

调用方式

- 通过选择"窗口"→"对齐"命令显示或隐藏"对齐"面板。
- 使用 Ctrl+K 组合键。

【边学边练 3.2】使用"对齐"面板。

（1）选中舞台中需要设置对齐方式的对象，如图 3.12 所示。

图 3.12　选中对象

（2）选择"窗口"→"对齐"命令，如图 3.13 所示。

（3）此时，在工作区的右侧便出现了"对齐"面板，如图 3.14 所示。

图 3.13　选择"对齐"命令　　　　图 3.14　"对齐"面板

"对齐"面板中各按钮的功能如表 3.1 所示。

表 3.1 各 "对齐" 按钮的功能表

按钮名称	按钮图标	按钮功能
左对齐		以所选对象中最左侧的对象为基准对齐
水平中齐		以所选对象集合的垂直中线为基准对齐
右对齐		以所选对象中最右侧的对象为基准对齐
上对齐		以所选对象中最上方的对象为基准对齐
垂直中齐		以所选对象集合的水平中线为基准对齐
底对齐		以所选对象中最下方的对象为基准对齐
顶部分布		将选中的对象以顶部分部为基准等间分布
垂直居中分布		将选中的对象以垂直居中分部为基准等间分布
底部分布		将选中的对象以底部分部为基准等间分布
左侧分布		将选中的对象以左侧分部为基准等间分布
水平居中分布		将选中的对象以水平居中分部为基准等间分布
右侧分布		将选中的对象以右侧分部为基准等间分布
匹配宽度		以所选对象中最宽的对象为基准，调整其他对象的宽度
匹配高度		以所选对象中最高的对象为基准，调整其他对象的高度
匹配宽和高		以所选对象中最高与最宽的对象为基准，调整其他对象的宽度与高度
垂直平均间隔		使选中对象的垂直间隔相等
水平平均间隔		使选中对象的水平间隔相等
相对于舞台		使对象的对齐、分布、匹配大小、间隔等操作以舞台为基准

（4）在 "对齐" 面板中，单击 "对齐" 组下的各个对齐按钮，效果分别如图 3.15～图 3.20 所示。

图 3.15 左对齐效果   图 3.16 水平中齐效果

图 3.17　右对齐效果

图 3.18　上对齐效果

图 3.19　垂直中齐效果

图 3.20　底对齐效果

（5）在"对齐"面板中，单击"分布"组下的各个分布对齐按钮，效果分别如图 3.21～图 3.26 所示。（效果图中包含辅助线，以帮助大家更好地理解分布的各个含义。）

图 3.21　顶部分布效果

图 3.22　垂直居中分布效果

图 3.23　底部分布效果

图 3.24　左侧分布效果

图 3.25　水平居中分布效果

图 3.26　右侧分布效果

（6）在"对齐"面板中，单击"匹配大小"组下的各个匹配对齐按钮，效果分别如图 3.27～图 3.29 所示。（效果图中包含辅助线，以帮助大家更好地理解匹配的各个含义。）

图 3.27　匹配宽度效果

图 3.28　匹配高度效果

图 3.29　匹配宽和高效果

（7）在"对齐"面板中，单击"间隔"组下的各个间隔对齐按钮，效果分别如图 3.30 和图 3.31 所示。

图 3.30　垂直平均间隔效果

图 3.31　水平平均间隔效果

（8）在"对齐"面板中，选中需要设置对齐方式的对象，单击"相对于舞台"按钮，然后单击"水平平均间隔"按钮，此时舞台中对象的间隔效果如图 3.32 所示。

图 3.32　以舞台为基准的水平平均间隔效果

3.3　"变形"面板

功能

可以对选择的对象进行缩放、旋转、倾斜等操作，获得变形效果，而且可以在变形的同时进行复制操作。

调用方式

- 通过选择"窗口"→"变形"命令显示或隐藏"变形"面板。
- 使用 Ctrl+T 组合键。

【边学边练 3.3】制作五角星与砖头的操作。

制作五角星操作步骤如下。

（1）单击工具箱中的线条工具，将它选中，如图 3.33 所示。

（2）在舞台上，按住 Shift 键，同时按住鼠标拖动绘制出一条垂直的线段，如图 3.34 所示。

图 3.33 单击线条工具

图 3.34 绘制垂线

（3）选择"窗口"→"变形"命令，如图 3.35 所示。

（4）打开"变形"面板，如图 3.36 所示。

图 3.35 选择"变形"命令

图 3.36 "变形"面板

（5）在工具箱中单击选择工具，如图 3.37 所示。

（6）使用选择工具，选中在舞台中绘制的垂线，如图 3.38 所示。

图 3.37 单击选择工具

图 3.38 选中舞台中的垂线

（7）在"变形"面板中 "旋转"后面的文本框中输入旋转角度"72 度"，如图 3.39 所示。

（8）单击"变形"面板右下角的"复制并应用"按钮，如图 3.40 所示。

图 3.39 设置旋转角度

图 3.40 单击"复制并应用"按钮

（9）连续单击"复制并应用"按钮 4 次，此时舞台中的对象如图 3.41 所示。

（10）单击工具箱中的线条工具，将它选中，如图 3.42 所示。

图 3.41　复制并应用变形后效果　　　　图 3.42　选择线条工具

（11）使用线条工具，绘制连接两条线段端点的直线，如图 3.43 所示。

（12）同理，继续绘制其他直线，连接其他线段端点，如图 3.44 所示。

图 3.43　连接两条线段端点　　　　图 3.44　绘制其他线段

（13）选择工具箱中的选择工具，如图 3.45 所示。

（14）将舞台中多余的线段选中，然后删除，如图 3.46 所示。

图 3.45　选择选择工具　　　　图 3.46　删除多余线段

制作砖头的操作步骤如下。

（1）单击工具箱中的矩形工具，将它选中，如图 3.47 所示。

（2）在舞台上绘制一个矩形，如图 3.48 所示。

图 3.47　选择矩形工具　　　　图 3.48　绘制一个矩形

（3）使用选择工具将矩形全部选中，如图 3.49 所示。

（4）选择"修改"→"组合"命令，将选中的矩形组合成群组对象，如图 3.50 所示。

图 3.49　选中舞台中的矩形　　　　　　图 3.50　选择"组合"命令

（5）使用 Ctrl+D 组合键复制一个矩形群组对象，并将它移动到原来矩形群组的上侧，如图 3.51 所示。

（6）在"变形"面板中，选中"倾斜"选项，在"水平倾斜"文本框中输入"–30 度"，然后按 Enter 键，如图 3.52 所示。

图 3.51　复制并调整群组对象　　　　　图 3.52　设置水平倾斜角度

（7）将变形后的矩形群组对象调整到合适位置，如图 3.53 所示。

（8）使用选择工具选中下侧矩形群组对象，使用 Ctrl+D 组合键复制一个群组对象，并调整到合适位置，如图 3.54 所示。

图 3.53　调整位置　　　　　　　　　　图 3.54　复制群组对象

（9）在"变形"面板中，选择"倾斜"选项，设置"垂直倾斜"角度为"–120 度"，如图 3.55 所示。

（10）将变形后的矩形群组对象调整到合适位置，如图 3.56 所示。

图 3.55　设置垂直倾斜角度　　　　　　图 3.56　调整位置

（11）在"变形"面板中，只将"宽度"缩放到 38%，如图 3.57 所示。

（12）将变形后的矩形群组对象调整到合适位置，即可完成砖头图形的制作过程。效果如图 3.58 所示。

图 3.57　设置宽度

图 3.58　调整变形矩形群组的位置

如果在对舞台中的对象进行变形过程中出现错误，此时可以使用"变形"面板中的"重置"按钮返回对象的最初状态。

专家指导

3.4　"颜色"面板

功能

设置图形的笔触颜色和填充颜色，还可以通过"颜色"面板为图形填充渐变颜色与位图，并且结合工具箱中的填充变形工具可以调整图形的渐变色。

调用方式

- 通过选择"窗口"→"颜色"命令显示或隐藏"颜色"面板。
- 使用 Shift+F9 组合键。

【边学边练 3.4】为椭圆设置不同类型的笔触颜色和填充颜色。

设置线性类型的笔触颜色的步骤如下。

（1）选择"窗口"→"颜色"命令，如图 3.59 所示。

（2）打开"颜色"面板，如图 3.60 所示。

图 3.59　选择"颜色"命令

图 3.60　打开"颜色"面板

（3）使用选择工具将舞台中的椭圆选中，如图 3.61 所示。

（4）在"颜色"面板中，单击"笔触颜色"按钮，如图 3.62 所示。

图 3.61 选中对象

图 3.62 单击"笔触颜色"按钮

（5）在"颜色"面板的"类型"中选择"线性"。此时在"颜色"面板中便出现了颜色控制区域，如图 3.63 所示。

（6）此时，笔触颜色为颜色调节杆之间的颜色，双击相应的调节杆，在弹出的颜色列表中选择红色，如图 3.64 所示。

图 3.63 选择笔触类型

图 3.64 选择红色

（7）同理，双击颜色渐变条右侧的颜色调节杆，从弹出的颜色列表框中选择黄色。如图 3.65 所示。

（8）此时，舞台中的椭圆边框颜色效果如图 3.66 所示。

图 3.65 选择黄色

图 3.66 效果

设置线性填充颜色的步骤如下。

（1）选中舞台中的对象，在"颜色"面板中单击"填充颜色"按钮，如图 3.67 所示。

（2）在"类型"中选择"线性"，如图 3.68 所示。

图 3.67　单击"填充颜色"按钮

图 3.68　选择"线性"类型

（3）通过双击颜色渐变条上的相应颜色调节杆，设置不同的颜色，如图 3.69 所示。

（4）使用工具箱中的颜料桶工具为舞台中的对象填充已经设置好的颜色。效果如图 3.70所示。

图 3.69　双击颜色调节杆

图 3.70　填充颜色后的效果

设置放射状填充颜色的步骤如下。

（1）选中舞台中对象，在"颜色"面板中单击"填充颜色"按钮，如图 3.71 所示。

（2）在"类型"中选择"放射状"，如图 3.72 所示。

图 3.71　单击"填充颜色"按钮

图 3.72　选择"放射状"类型

（3）此时，舞台中对象的颜色为所设置的放射状颜色。效果如图 3.73 所示。

图 3.73　设置填充颜色后的效果

设置填充位图效果的步骤如下。

（1）使用工具箱中的选择工具将舞台中的对象选中，如图 3.74 所示。

（2）在"颜色"面板中，选择"类型"为"位图"，如图 3.75 所示。

图 3.74 选中对象　　　　　　　　图 3.75 选择"位图"类型

（3）此时，弹出一个"导入到库"对话框，如图 3.76 所示。

图 3.76 "导入到库"对话框

（4）在"导入到库"对话框中的"查找范围"找到要导入到库中的图片路径，然后单击对话框中"查找范围"后的 按钮，从弹出列表中选择"缩略图"选项，使窗口中的图片以缩略图显示，如图 3.77 所示。

（5）从窗口中选择图片，最后单击"打开"按钮，即可完成图片的导入操作，如图 3.78 所示。

图 3.77 选择"缩略图"

图 3.78　选中图片

（6）将图片打开后，会自动填充到舞台中的对象中，如图 3.79 所示。

（7）通过工具箱中的填充变形工具将圆中的图片进行缩放以及调整位置，如图 3.80 所示。

图 3.79　填充位图　　　　　　　　　　　图 3.80　调整位置

在为对象填充渐变颜色和位图时，可以通过填充变形工具来调整它们的中心点位置及缩放比例。

专家指导

3.5　实训项目——制作表盘

【实训目的】

熟练工具箱中工具与常用控制面板的组合使用。

【上机准备】

（1）熟练掌握工具箱中各工具的使用方法。

（2）掌握常用控制面板的使用方法。

（3）掌握"属性"面板的使用方法。

【上机操作】

最终的效果图如图 3.81 所示。

图 3.81　效果图

具体步骤如下。

（1）选择工具箱中的线条工具，在"属性"面板中设置线条的笔触高度为 2，如图 3.82
所示。

图 3.82　设置笔触高度

（2）设置好笔触高度后，在舞台上绘制一条垂线，如图 3.83 所示。

（3）选中舞台中的垂线，打开"信息"面板，在"信息"面板中设置它的高为 260，然
后按 Enter 键，如图 3.84 所示。

图 3.83　绘制直线　　　　　　　　　　图 3.84　设置线高

（4）打开"变形"面板，在"旋转"选项中设置旋转角度为 30，如图 3.85 所示。

（5）然后单击"变形"面板中的"复制并应用"按钮 5 次，如图 3.86 所示。

图 3.85　设置旋转角度　　　　　　　图 3.86　单击"复制并应用"按钮

（6）此时舞台中的对象被复制了 5 次，效果如图 3.87 所示。

（7）将舞台中的 6 条线全部选中，然后使用"修改"→"组合"命令将所选对象组合成群组对象，如图 3.88 所示。

图 3.87　复制并应用后的效果　　　　图 3.88　组合对象

（8）使用 Ctrl+D 组合键将群组对象复制一份，效果如图 3.89 所示。

（9）双击刚才复制的对象，进入到群组对象的内容，如图 3.90 所示。

图 3.89　复制群组　　　　　　　　　图 3.90　进入群组内部

（10）打开"变形"面板，在"变形"面板的旋转选项中设置旋转角度为 6，如图 3.91 所示。

（11）然后连续 5 次单击"变形"面板中的"复制并应用"按钮，将它复制出 5 份，效果如图 3.92 所示。

图 3.91　设置旋转角度　　　　　　　图 3.92　复制并应用后的效果

（12）复制操作完成后，将舞台中的所有群组对象选中，如图 3.93 所示。

（13）通过选择"窗口"→"对齐"命令，将"对齐"面板打开，如图 3.94 所示。

图 3.93　选中对象

图 3.94　"对齐"面板

（14）在"对齐"面板中，设置所选对象垂直、水平中齐。效果如图 3.95 所示。

（15）使用工具箱中的椭圆工具，绘制一个笔触颜色为黑色、无填充的一个正圆。效果如图 3.96 所示。

图 3.95　对齐对象

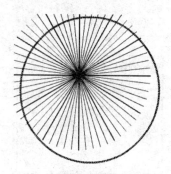

图 3.96　绘制圆形

（16）选中绘制的圆形，在"信息"面板中设置它的宽、高都为 260，然后按 Enter 键，确认宽和高的设置，如图 3.97 所示。

（17）通过工具箱中的选择工具，将舞台中的全部对象选中，在"对齐"面板中设置选中对象垂直、水平中齐。效果如图 3.98 所示。

图 3.97　设置圆的大小

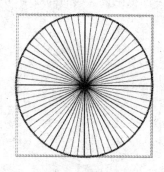

图 3.98　对齐对象

（18）单独选中绘制的圆形，在"变形"面板中选中"约束"选项，并将圆形缩放到原来的 80%，如图 3.99 所示。

（19）单击"变形"面板中的"复制并应用"按钮，将圆形变形后再复制。效果如图 3.100 所示。

图 3.99　设置缩放比例

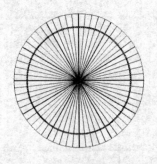

图 3.100　复制并应用后的效果

（20）继续在"变形"面板中选中"约束"选项，并将圆形缩放到原来的 70%，如图 3.101 所示。

（21）单击"变形"面板中的"复制并应用"按钮，将圆形变形后再复制。效果如图 3.102 所示。

图 3.101　设置缩放比例

图 3.102　复制并应用后的效果

（22）通过工具箱中的选择工具，将多余的线段选中，按 Enter 键删除。效果如图 3.103 所示。

（23）按住 Shift 键的同时使用选择工具将舞台中的圆形和表示小时的刻度全部选中，然后在"属性"面板中设置线的高度为 3。效果如图 3.104 所示。

图 3.103　删除多余线段

图 3.104　笔触高度为 3 的效果

（24）打开"颜色"面板，选择"填充颜色"按钮，在类型中选择"位图"，如图 3.105 所示。

（25）在打开的"导入到库"对话框中选择要导入的图片。通过工具箱中的颜料桶工具给圆形填充位图，使用填充变形工具，调整位图的大小及位置。效果如图 3.106 所示。

图 3.105 设置填充类型为"位图"   图 3.106 调整填充位图的效果

（26）使用工具箱中的文本工具，输入数字 1，然后调整到表盘的合适位置。效果如图 3.107 所示。

（27）同理，将其他数字也安排到表盘的合适位置。至此，漂亮的表盘制作完成。效果如图 3.108 所示。

图 3.107 输入刻度值   图 3.108 设置所有刻度值

3.6 习　　题

1. 选择题

（1）打开"信息"面板的快捷键是（　　　）。

　　A．Ctrl+K　　　　B．Ctrl+I　　　　C．Ctrl+T　　　　D．Ctrl+F7

（2）可以将对象精确变形的操作是在（　　　）中完成的。

　　A．任意变形工具　　B．"修改"菜单　　C．"变形"面板　　D．"信息"面板

（3）在"颜色"面板中，可以选择的类型有（　　　）种。

　　A．5　　　B．4　　　C．3　　　D．2

（4）使用"对齐"面板可以实现（　　　）对齐方式。

　　A．6 种　　　　B．5 种　　　　C．4 种　　　　D．3 种

（5）Flash CS3 中的"活动"面板在（　　　）菜单中可以显示或隐藏。

　　A．"文件"　　　　B．"插入"　　　　C．"编辑"　　　　D．"窗口"

2. 填空题

（1）设置对象大小可以通过＿＿＿＿和＿＿＿＿完成。

（2）变形对象可以通过＿＿＿＿和＿＿＿＿完成。

（3）"变形"面板可以实现一种特殊的操作，即＿＿＿＿。

（4）打开"对齐"面板的快捷键为_____。

（5）在"颜色"面板中，可以更改_____和_____。

3. 上机操作题

（1）运用"颜色"面板制作多个彩灯，设计效果如图 3.109 所示。

图 3.109　彩灯

（2）运用"变形"面板制作一道彩虹，设计效果如图 3.110 所示。

图 3.110　彩虹

（3）运用"变形"面板、"信息"面板等制作齿轮，设计效果如图 3.111 所示。

图 3.111　齿轮

第 4 章

元件与图库

本章知识点概述

元件和图库是 Flash 中非常重要的概念，深入理解元件及图库的功能与作用是设计与制作动画的基础。

本章所含知识点

➤ 元件、实例的概念
➤ 元件的创建方法
➤ 元件的类型
➤ 图库的使用方法

知识重点

➤ 元件、实例、图库的概念
➤ 元件的创建方法
➤ 元件的三种类型
➤ 图库的使用方法

知识难点

➤ 元件的创建方法
➤ 元件的三种类型

4.1　元件与实例

元件是指在 Flash 中创建的图形、按钮或影片剪辑，它可以在动画中重复使用。元件可以是 Flash 自己创建的矢量图形，也可以是从外部导入的 JPG、GIF、BMP 等多种 Flash 支持的图形格式。创建的任何元件都会成为当前文档中图库的一部分。可以简单地说，这些都是用户做好的成品或半成品放在库中存放起来以便可以重复使用。

实例就是拖放到舞台上的一个元件的复制品。它内部具有和元件一样的内容，但是，作为一个整体的实例又具有许多独立的属性，这些属性可以在"属性"面板及"变形"面板中修改。这些独立的属性修改后不会影响到所属元件及其他同类实例，而如果进入实例内部进行编辑，这里所做的修改则会同步影响到所属元件及其他实例。

功能

在动画中可以重复使用。

调用方式

* 直接从"库"面板中拖曳到舞台上。

专家指导 | Flash 中重复使用元件不会增加文件的大小，所以在制作动画时，应尽可能重复使用 Flash 中的各种元件，这样可以大大减小文件的存储空间。

4.2　创 建 元 件

创建元件有 2 种方法，一种是将现有的对象转化为元件的形式，另一种是创建一个新的元件，然后再在元件中创建内容。下面分别介绍这 2 种方法。

4.2.1　创建新元件

功能

先创建空白的元件，然后在元件编辑区内编辑元件内容。

调用方式

* 通过选择"插入"→"新建元件"命令来创建新元件。
* 使用 Ctrl+F8 组合键。
* 使用"库"面板创建新元件。

【边学边练 4.1】创建"地球"元件。

（1）选择"插入"→"新建元件"命令，创建一个新元件，如图 4.1 所示。

（2）在弹出的"创建新元件"对话框中，给元件命名为"地球"，类型选择"影片剪辑"，然后单击"确定"按钮，如图 4.2 所示。

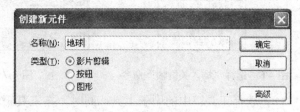

图 4.1　选择"新建元件"命令　　　　　　　　　图 4.2　"创建新元件"对话框

（3）进入到"地球"影片剪辑的编辑区，如图 4.3 所示。

（4）使用工具箱中的椭圆工具，在影片剪辑的编辑区内绘制一个没有边框线、填充色为蓝色的圆，如图 4.4 所示。

（5）将编辑区中的圆选中，打开"对齐"面板，使选中对象相对于舞台垂直、水平中齐，如图 4.5 所示。

图 4.3　进入"地球"影片剪辑的编辑区域

图 4.4　绘制圆　　　　　　　　　　　　图 4.5　设置对齐方式

（6）鼠标右键单击第 2 帧，在弹出的快捷菜单中选择"插入关键帧"命令，如图 4.6 所示。

（7）同理，在第 3 帧、第 4 帧、第 5 帧处也插入关键帧。效果如图 4.7 所示。

图 4.6　选择"插入关键帧"命令　　　　　图 4.7　插入关键帧后效果

（8）选择工具箱中的刷子工具，同时，在工具箱的颜色区域为刷子工具选择"FFCF00"颜色，如图 4.8 所示。

（9）在工具箱的选项区域，单击"刷子模式"按钮，在弹出的刷子模式列表中选择"内部绘画"模式，如图 4.9 所示。

图 4.8　设置刷子颜色　　　　　　　　图 4.9　选择刷子模式

（10）在工具箱的选项区域，单击"刷子大小"按钮，在弹出的刷子大小列表中选择一种刷子大小，如图 4.10 所示。

（11）设置好刷子的属性后，在"地球"影片剪辑中，单击第 1 个关键帧，在编辑区中的蓝色圆上绘制陆地形状，如图 4.11 所示。

图 4.10　选择刷子大小　　　　　　　　图 4.11　绘制图形

（12）同理，使用刷子工具在第 2 帧、第 3 帧、第 4 帧、第 5 帧处分别在蓝色圆上绘制陆地形状。至此，"地球"影片剪辑元件制作完成。效果分别如图 4.12～图 4.15 所示。

图 4.12　第 2 帧图形　　　图 4.13　第 3 帧图形　　　图 4.14　第 4 帧图形　　　图 4.15　第 5 帧图形

4.2.2　将现有对象转换为元件

功能

将编辑好的对象转换成元件。

调用方式

- 通过选择"修改"→"转换为元件"命令。
- 使用 F8 快捷键。

【边学边练 4.2】制作"月亮"元件。

（1）在工具箱中选择椭圆工具，如图 4.16 所示。

图 4.16　选择椭圆工具

图 4.17　设置椭圆颜色

（2）在工具箱的颜色区选择无笔触颜色，填充颜色为黄色，如图 4.17 所示。

（3）使用椭圆工具，在舞台中绘制一个没有边框线，填允色为黄色的圆，如图 4.18 所示。

（4）使用工具箱中的选择工具，将舞台中的圆选中，如图 4.19 所示。

图 4.18　绘制圆

图 4.19　选中圆

（5）选择"修改"→"转换为元件"命令，如图 4.20 所示。

（6）打开"转换为元件"对话框，在其中输入元件名称为"月亮"，类型选择"影片剪辑"，单击"确定"按钮完成对话框的设置，如图 4.21 所示。

图 4.20　选择"转换为元件"命令

图 4.21　"转换为元件"对话框

（7）此时舞台中的对象转换为元件实例显示，如图 4.22 所示。

（8）双击舞台中的实例，此时进入到"月亮"元件的内部，如图 4.23 所示。

图 4.22 "月亮"元件   图 4.23 进入"月亮"元件内部

（9）至此，"月亮"影片剪辑元件制作完成。

元件的编辑窗口与场景中的舞台有如下区别：

① 场景中的舞台原点在舞台的左顶点位置，元件的原点在中心点的位置。

② 舞台有大小的限制，而元件的编辑区域没有大小限制。而且，元件的实例中可以显示出元件的原点。

专家指导

4.3 元件的类型

Flash 中的元件分为 3 类，即图形元件、按钮元件和影片剪辑元件。

图形元件用于创建可反复使用的图形，它可以是静止图片，也可以是由多个帧组成的动画。图形元件是制作动画的基本元素之一，但它不能添加交互行为和声音控制。

按钮元件可以创建动画的交互功能，在按钮的时间轴中有弹起、指针经过、按下、点击 4 个帧。这 4 个帧就是按钮具有的反应动作。用户还可以在按钮的不同状态上创建内容，既可以是静止的图片，也可以是动画。此外，用户还可以在按钮上设置语句，用以响应用户的操作来控制动画的播放。

影片剪辑元件是 Flash 中最复杂的元件，它是主动画的一个组成部分，它本身也可以看作是一个完整的动画，且可以独立播放。在影片剪辑里，可以将各种类型的素材放置在其中，还可以对影片剪辑实现交互性操作。

图形元件与影片剪辑元件的区别如下：

（1）图形元件与主时间轴同步运行，而影片剪辑元件可以独立于主时间轴运行。

（2）图形元件不可以添加交互行为，而影片剪辑元件可以添加交互行为。

4.3.1 图形元件

用于创建可反复使用的图形，它可以是静止图片，也可以是由多个帧组成的动画。图形元件是制作动画的基本元素之一，但它不能添加交互行为和声音控制。

功能

用于创建可反复使用的图形。

调用方式

- 从"库"面板中将图形元件拖放到舞台。

【边学边练 4.3】制作"花朵"图形元件。

（1）选择"插入"→"新建元件"命令，打开"创建新元件"对话框，在其中输入元件名称为"花朵"，选择类型为"图形"，如图 4.24 所示。单击"确定"按钮，进入到"花朵"图形元件的内部。

（2）在"花朵"图形元件的编辑区内，使用钢笔工具在其中绘制花瓣形状，如图 4.25 所示。

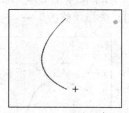

图 4.24　"创建新元件"对话框　　　　图 4.25　绘制形状

（3）使用 Ctrl+D 组合键复制出一个花瓣形状，如图 4.26 所示。

（4）选择"修改"→"变形"→"水平翻转"命令，将复制的花瓣形状水平翻转，如图 4.27 所示。

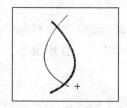

图 4.26　复制　　　　　　　　　图 4.27　水平翻转

（5）移动复制花瓣形状，使之与左侧花瓣形状连接上，如图 4.28 所示。

（6）使用颜料桶工具，通过"颜色"面板设置颜色，为花瓣填充颜色，并利用任意变形工具，将其中的变形中心点移动到花瓣下方，如图 4.29 所示。

图 4.28　移动位置　　　　　　　图 4.29　移动变形中心点

（7）打开"变形"面板，在"变形"面板中的"旋转"文本框中输入旋转角度为 72，如

图 4.30 所示。

（8）连续单击 5 次"复制并应用"按钮，复制出 4 片花瓣。效果如图 4.31 所示。

图 4.30 设置旋转角度

图 4.31 复制后效果

（9）删除花朵中心多余的线段，并选中最后一次复制的花瓣的一段线，如图 4.32 所示。

（10）选择"修改"→"变形"→"水平翻转"命令，将此框线水平翻转，如图 4.33 所示。

图 4.32 选中线段

图 4.33 水平翻转

（11）将翻转后的框线调整到合适位置，如图 4.34 所示。

（12）在花朵中心，使用铅笔工具绘制一些黄色的花心，如图 4.35 所示。

图 4.34 移动位置

图 4.35 绘制花心

（13）在图层 1 的第 2 帧处插入关键帧，并将第 1 朵花复制，此时在第 2 帧中出现两朵花，如图 4.36 所示。

（14）在图层 1 的第 3 帧处插入关键帧，并复制另一朵花，此时在第 3 帧中出现三朵花，如图 4.37 所示。

（15）至此，"花朵"图形元件制作完成。将此图形元件拖动到舞台中即可。

图 4.36　第 2 帧内容

图 4.37　第 3 帧内容

4.3.2　按钮元件

用于创建动画的交互功能,在按钮的时间轴中有弹起、指针经过、按下,点击 4 个帧,它们是按钮的反应动作。

功能

用于创建可反复使用的按钮。

调用方式

- 从"库"面板中将按钮元件拖放到舞台。

【边学边练 4.4】制作"动态按钮"元件。

制作"动态按钮"元件的操作步骤如下。

(1)选择"插入"→"新建元件"命令,打开"创建新元件"对话框,在其中输入元件名称为"动态按钮",选择类型为"按钮",如图 4.38 所示。单击"确定"按钮,进入到"动态按钮"元件的内部。

(2)在"动态按钮"元件的"弹起"帧处,绘制一个绿色的圆,如图 4.39 所示。

(3)在"指针经过"、"按下"帧处插入关键帧,并将"指针经过"帧中的内容通过任意变形工具将它放大,如图 4.40 所示。

图 4.38　"创建新元件"对话框

图 4.39　绘制"弹起"帧内容

图 4.40 放大"指针经过"帧内容

4.3.3 影片剪辑元件

影片剪辑元件是 Flash 中最复杂的元件，它是主动画的一个组成部分，它本身也可以看作是一个完整的动画，且可以独立播放。

功能

用于创建可反复使用的图形。

调用方式

- 从"库"面板中将图形元件拖放到舞台。

【边学边练 4.5】制作"心"图形元件。

制作"心"图形元件的操作步骤如下。

（1）选择"插入"→"新建元件"命令，打开"创建新元件"对话框，在其中输入元件名称为"心"，选择类型为"影片剪辑"，如图 4.41 所示。单击"确定"按钮，进入到"心"元件的内部。

（2）在"心"影片元件的编辑区内，使用钢笔工具在其中绘制心的形状，如图 4.42 所示。

图 4.41 "创建新元件"对话框

图 4.42 绘制形状

（3）使用工具箱中的选择工具，对编辑区中的形状进行调整，如图 4.43 所示。

（4）使用 Ctrl+D 组合键，复制出一个相同的形状，如图 4.44 所示。

图 4.43 调整形状

图 4.44 复制

（5）选择"修改"→"变形"→"水平翻转"命令，将复制的形状水平翻转，如图 4.45 所示。

（6）移动复制的形状，使之与左侧心的形状连接上，如图 4.46 所示。

图 4.45　水平翻转

图 4.46　移动位置

（7）删除多余的线段，并用选择工具调整心的形状，如图 4.47 所示。

（8）使用颜料桶工具，通过"颜色"面板设置颜色，为"心"填充颜色，并利用填充变形工具，将填充色块的填充效果进行调整。效果如图 4.48 所示。

图 4.47　调整形状

图 4.48　填充颜色

（9）在图层 1 的第 2 帧处插入关键帧，并将第 1 颗心复制，拖动到合适位置。此时在第 2 帧中出现两颗心，如图 4.49 所示。

（10）在图层 1 的第 3 帧处插入关键帧，并复制一颗心，此时在第 3 帧中出现三颗心，并排列好顺序，如图 4.50 所示。

图 4.49　第 2 帧内容

图 4.50　第 3 帧内容

4.4　图　　库

图库是 Flash 里的面板，简称为"库"。在这个库里边存放着一些用户在制作 Flash 时经常用到的部件，这些部件通常由用户自己创建，这里有声音、图形图像，而其中的图形元件、按钮和影片剪辑则被统称为"元件"。

图库用于存放和组织可重复使用的元件，其作用与 Windows 资源管理器类似，当需要对象时，直接从图库中调用即可。将元件从图库中拖放到场景中，就生成了该元件的一个实例。实例实际是元件的一个复制品，将元件拖放到场景后，元件本身仍位于图库中。改变场景中实例的属性并不会改变图库中元件的属性，但改变元件的属性，该元件的所有实例的属性都将随之变化。图 4.51 所示为"库"面板。

图 4.51　"库"面板

功能

存放制作 Flash 动画时可重复使用的对象元素。

调用方式

- 通过选择"窗口"→"库"命令来显示或隐藏"库"面板。
- 使用 Ctrl+L 组合键。

4.5　实训项目——制作"灯笼"元件

【实训目的】

练习制作元件的方法。

【上机准备】

（1）熟练掌握工具箱中各工具的使用方法。
（2）掌握元件的制作方法。

【上机操作】

最终的效果图如图 4.52 所示。

图 4.52 效果图

具体步骤如下。

（1）选择"插入"→"新建元件"命令，打开"创建新元件"对话框，在其中输入元件名称为"灯笼"，选择类型为"影片剪辑"，如图 4.53 所示。单击"确定"按钮，进入到"灯笼"影片剪辑元件的内部。

（2）选择"视图"→"辅助线"→"编辑辅助线"命令，打开"辅助线"对话框，在其中设置颜色为"蓝色"，如图 4.54 所示。

图 4.53 "创建新元件"对话框

图 4.54 "辅助线"对话框

（3）选择"视图"→"标尺"命令，打开标尺工具，然后按住垂直标尺，依次拖曳出两条辅助线，放在标尺的-65 和 65 的位置，如图 4.55 所示。

（4）按住水平标尺，依次拖曳出 7 条辅助线，放在标尺的相应位置，如图 4.56 所示。

图 4.55 拖曳垂直辅助线

图 4.56 拖曳水平辅助线

（5）在舞台中绘制一个矩形，如图 4.57 所示。

（6）打开"颜色"面板，在其中设置笔触颜色为黑色、类型为放射状填充效果、左侧色块颜色为#FFFF00、右侧色块的颜色为#FF0000，如图 4.58 所示。

图 4.57　绘制矩形

图 4.58　"颜色"面板

（7）打开"信息"面板，在其中设置矩形的大小为 50px×100px，如图 4.59 所示。

（8）将矩形放置在辅助线之内，删除上下边框线并绘制 8 条垂线，然后和原来存在的两条边框线均匀分布，长度与矩形高度一致。效果如图 4.60 所示。

图 4.59　设置大小

图 4.60　将矩形放置在辅助线内

（9）选中舞台中的对象，单击工具箱中的任意变形工具，在对应的选项区域中单击"封套"按钮。此时，舞台中的对象形状如图 4.61 所示。

（10）此时在舞台上通过鼠标按住左侧中间的一个方形控制点，向左拖动，到达参考线交叉位置。同样右侧也作这样的自由变换，最后的效果如图 4.62 所示。

图 4.61　选择封套效果

图 4.62　调整控制点

（11）同理，鼠标按住中间的四个控制点之一，拖动到参考线交叉位置。效果如图 4.63 所示。

（12）在调整好的灯笼的上下两端分别绘制两个矩形，位置居中。效果如图 4.64 所示。

图 4.63　调整形状

图 4.64　绘制矩形

（13）在下端的矩形下方绘制一条垂线，粗线为 1，如图 4.65 所示。

（14）打开"颜色"面板，设置笔触类型为线性渐变、左侧色块的颜色为#FF0000、右侧色块的颜色为#FFFFFF，如图 4.66 所示。

（15）使用工具箱中的填充变形工具调整颜色的方向，然后使用 Ctrl+G 组合键将它组合成一个整体，如图 4.67 所示。

（16）将设置好的直线组合复制 9 份，然后依次排列，如图 4.68 所示。

图 4.65　绘制直线

图 4.66　设置颜色

图 4.67　调整颜色

图 4.68　排列直线

（17）使用线条工具和选择工具在上端的矩形上方绘制把手，如图 4.69 所示。

（18）至此，整个"灯笼"元件制作完成，将它拖动到舞台中，使用 Ctrl+Enter 组合键测试即可。

图 4.69　绘制把手

4.6　习　题

1. 选择题

（1）以下关于按钮元件的叙述，错误的是（　　　）。

　　A．按钮元件里面的时间轴中最多只能放置 4 帧

　　B．按钮元件可以显示不同的图像或动画，分别响应不同的鼠标状态

　　C．按钮元件的第 4 帧则定义了按钮的激活区域

　　D．按钮元件是三种元件的一种

（2）新建元件的快捷键是（　　　）。

　　A．Alt+F5　　　　B．Ctrl+F8　　　　C．F6　　　　D．Shift+F7

（3）打开"库"面板的快捷键是（　　　）。

　　A．Ctrl+L　　　　B．Ctrl+K　　　　C．Shift+L　　　　D．Shift+K

（4）不能添加交互行为的元件是（　　　）。

　　A．图形元件　　　B．影片剪辑元件　　　C．按钮元件　　　D．关键帧

（5）影片剪辑元件可以不依赖（　　　）进行。

　　A．场景　　　　B．舞台　　　　C．主时间轴　　　　D．库

2. 填空题

（1）Flash CS3 中元件包括_____、_____和_____。

（2）在 Flash CS3 中用于管理元件的是_____。

（3）在 Flash CS3 中每个按钮都有 4 种状态，即_____、_____、_____、_____。

（4）将对象转换为元件，可以使用_____快捷键。

（5）具有交互动画功能的元件是_____和_____。

3. 上机操作题

（1）制作影片剪辑元件，设计效果如图 4.70 所示。

图 4.70　影片剪辑元件

（2）制作图形元件，设计效果如图 4.71 所示。

图 4.71　图形元件

（3）制作动态的按钮，设计效果如图 4.72 所示。

没有单击鼠标

图 4.72　按钮元件

第 5 章

基 本 动 画

本章知识点概述

　　Flash 是矢量动画制作软件，比起其他动画软件要简单易学，没有很复杂的操作，只要掌握好一些基本的动画制作技巧，就可以制作出很精彩的动画。经过前面几章的学习，读者已经了解如何使用 Flash 进行绘图，如何将这些图形转换为元件，也熟悉了关于元件及实例的操作。但是这些只是制作动画的基础，这一章就来介绍如何制作动画。

本章所含知识点

> ➤ 认识时间轴
> ➤ 动画制作原理
> ➤ 制作运动补间动画的条件
> ➤ 制作形状补间动画的条件

知识重点

> ➤ 动画制作原理
> ➤ 制作运动补间动画的条件
> ➤ 制作形状补间动画的条件

知识难点

> ➤ 动画制作原理

5.1 时间轴与帧操作

"时间轴"面板为制作动画、控制动画元素及在舞台中出现的时间与相互之间的叠加次序提供了一个场所。"时间轴"面板主要由帧、层和播放指针组成（见第 1 章图 1.7）。

功能

为制作动画、控制动画元素及在舞台中出现的时间与相互之间的叠加次序提供了一个场所。

调用方式

● 通过选择"窗口"→"时间轴"命令显示或隐藏"时间轴"面板。

5.1.1 图层

图层是绘制 Flash 图形与制作动画时不可缺少的组成部分。Flash 中的图层可以用来安排动画中各帧的内容，每个图层都拥有一个独立的时间轴，可以将动画中不同的动画部分放置到不同的图层中，这样可以避免对象在播放时相互影响。

1. 图层的类型

在 Flash 中，按照类型来分，图层有 6 类，即普通层、引导层、被引导层、遮罩层、被遮罩层与图层文件夹。在图层上单击鼠标右键，在弹出的快捷菜单中选择"属性"命令，打开"图层属性"对话框，可以在此对话框中设置图层的各种类型，如图 5.1 所示。

图 5.1 "图层属性"对话框

"图层属性"对话框中各部分的功能如表 5.1 所示。

表 5.1 "图层属性"对话框中各部分功能

名称	功能
名称	用于设置图层的名称

名称	功能
显示	用于控制是否显示图层
锁定	用于控制图层是否为锁定状态
一般	用于设置图层为普通图层
引导层	用于制作运动引导动画中包含运动引导线的图层
被引导	被运动引导层所引导的图层
遮罩层	在遮罩层可以制作遮类型的动画
被遮罩	在遮罩层遮住的图层
文件夹	把相关的图层组织到相关的图层文件夹中
轮廓颜色	用于设置图层轮廓线的颜色
将图层视为轮廓	图层中的对象是否以轮廓线的方式显示
图层高度	用于设置图层在"时间轴"面板中显示的高度

2. 图层的编辑

通过"时间轴"面板可以完成很多图层操作，包括图层的创建、显示、隐藏、锁定、删除等，如表 5.2 所示。

表 5.2　图层区域各按钮功能

名称	图标	功能
插入图层	⟐	单击此按钮，在选中的图层上新建一个新图层
添加运动引导层	⟐	单击此按钮，在选中的图层上新建一个运动引导图层
插入图层文件夹	⟐	单击此按钮，在选中的图层上新建一个图层文件夹
删除图层	🗑	单击此按钮，可以将选择的图层删除
显示/隐藏所有图层	👁	单击此按钮，可以将所有图层全部隐藏或显示出来。如果在其中一个图层中此按钮所在位置单击，可以将这个图层单独显示或隐藏
锁定/解除锁定所有图层	🔒	单击此按钮，可以将所有图层全部锁定或解除锁定。如果在其中一个图层中此按钮所在位置单击，可以将这个图层单独锁定或解除锁定
显示所有图层的轮廓	☐	单击此按钮，可以将所有图层全部以轮廓线方式显示。如果在其中一个图层中此按钮所在位置单击，可以将这个图层单独以轮廓线方式显示

【边学边练 5.1】制作雕刻字。

（1）新建一个文档，将动画的文档尺寸设置为 750px×120px，背景色设置为淡蓝色，如图 5.2 所示。

图 5.2 "文档属性"对话框

（2）鼠标右键单击图层 1，在弹出的快捷菜单中选择"属性"命令，在弹出的"图层属性"对话框中，将图层 1 命名为"黑色文字"，如图 5.3 所示。单击"确定"按钮，完成图层的重命名操作。

图 5.3 "图层属性"对话框

（3）通过工具箱中的文本工具，在文档的舞台中输入文字"唐山师范学院滦州分校"，如图 5.4 所示。

（4）选中舞台中的文本，在"属性"面板中设置字体为"隶书"、字号为 60、文字颜色为黑色，如图 5.5 所示。

图 5.4 输入文本

图 5.5　设置字体属性

（5）通过工具箱中的选择工具，将舞台中的文本选中。然后，选择"编辑"→"复制"命令（或者使用 Ctrl+C 组合键），将文本复制，如图 5.6 所示。

（6）单击图层控制区下的"插入图层"按钮 2 次，在"黑色文字"图层上新建 2 个图层，如图 5.7 所示。

图 5.6　选择"复制"命令

图 5.7　新建 2 个图层

（7）新建图层后，为 2 个新图层分别重新命名为"白色文字"和"蓝色文字"，如图 5.8 所示。

（8）分别选中"白色文字"和"蓝色文字"图层中的第 1 帧，选择"编辑"→"粘贴到当前位置"命令，将复制的文本分别粘贴到这 2 个新建的图层中，如图 5.9 所示。

图 5.8　重命名图层

图 5.9　粘贴文本

（9）单击"白色文字"图层和"黑色文字"图层后对应的"显示/隐藏所有图层"按钮，将这 2 个图层中的对象隐藏，如图 5.10 所示。

（10）单击"蓝色文字"图层第 1 帧，将该帧文字选中，通过"属性"面板将填充色改为蓝色。效果如图 5.11 所示。

图 5.10　隐藏图层

图 5.11　填充文本颜色

（11）将"蓝色文字"图层和"黑色文字"图层隐藏，将"白色文字"图层显示。单击"白色文字"图层第 1 帧，将该帧文字选中，将文字颜色改为白色，再将"颜色"面板上的 Alpha 文本框设置为 70%，将文字颜色的透明度设置为 70%，如图 5.12 所示。

（12）选中舞台中的白色文字，分别按 2 次键盘上的向上、向左光标移动键，使该层文字略向上、向左移动，如图 5.13 所示。

图 5.12　设置 Alpha 值　　　　　　　　　　图 5.13　移动文本

（13）将"蓝色文字"图层和"白色文字"图层隐藏，将"黑色文字"图层显示。单击黑色图层第 1 帧，将该帧文字选中，将文字颜色改为黑色，再将"颜色"面板上的 Alpha 文本框设置为 70%，将文字颜色的透明度设置为 70%。如图 5.14 所示。

（14）分别按 2 次键盘上的向下、向右光标移动键，使该层文字略向下、向右移动，如图 5.15 所示。

图 5.14　设置 Alpha 值　　　　　　　　　　图 5.15　移动文本

（15）将"白色文字"图层和"黑色文字"图层编辑完成后，将所有图层全部显示出来，雕刻字制作完成。效果如图 5.16 所示。

图 5.16　雕刻字效果

5.1.2 时间轴

时间轴由播放指针、帧、时间轴标尺和状态栏组成。时间轴中各部分的功能如表 5.3 所示。

表 5.3　时间轴各部分功能

名称	图标	功能
滚动到播放头		单击该按钮，当前帧会显示在时间轴的头部
绘图纸外观		单击此按钮，在"起始绘图纸外观"和"结束绘图纸外观"标记之间的所有帧被重叠为"文档"窗口中的一个帧
绘图纸外观轮廓		单击此按钮，将具有"绘图纸外观"的帧显示为轮廓
编辑多个帧		单击此按钮，编辑"绘图纸外观"标记之间的所有帧
修改绘图纸标记		包括 5 项内容："总是显示标记"选项会在时间轴标题中显示"绘图纸外观"标记，而不管"绘图纸外观"是否打开；"锚定绘图纸外观"选项会将"绘图纸外观"标记锁定在它们在时间轴标题中的当前位置；"绘图纸 2"选项会在当前帧的两边显示 2 个帧；"绘图纸 5"选项会在当前帧的两边显示 5 个帧；"绘制全部"选项会在当前帧的两边显示所有帧
当前帧		表示当前帧所在的位置
帧频率		表示每秒钟播放的帧数，数值越大，播放数据越快
运行时间		显示已经播放了多长时间的动画
帧的显示设定		单击时间轴右上角的"帧的显示设定"按钮，在下拉菜单中选择任意选项控制帧的显示状态，其中包括很小、小、标准、中、大、预览、关联预览、较短、彩色显示帧

在 Flash 中，帧是动画的基本单位，动画的制作实际就是改变连续帧的内容的过程，不同帧表现不同时刻动画的某一动作，对动画的操作实际就是对帧的操作。

1．帧的类型

Flash 中帧分为 4 类，即关键帧、空白关键帧、普通帧和过渡帧。下面就来详细介绍这 4 类帧。

关键帧是所有帧的基础，而且只有关键帧才可以在舞台上直接编辑，其他的帧都是关键帧的延续或变化。在时间轴中，关键帧显示有黑色实心圆点的矩形方格▪。

空白关键帧是一种特殊的关键帧，事实上它就是一个在舞台上没有内容的关键帧。在时间轴中，空白关键帧显示为有白色实心圆点的矩形方格▫。

普通帧是关键帧的延续，它显示的内容也就是它所延续的关键帧的内容。普通帧由灰色方格表示▪，而空白关键帧延续出的静止帧显示为空白方格□，在每个关键帧的最后静止帧上有小矩形，表示关键帧延续的结束。

Flash 可以在两个关键帧之间产生过渡帧序列，过渡帧是在创建动画时 Flash 自己创建出来的帧，过渡帧中的动画对象也是由 Flash 自己创建出来的。创建的动画类型不同，关键帧的表达方式也不同。6 种过渡帧如图 5.17 所示。

图 5.17 6 种过渡帧

由下向上依次介绍如下。

（1）关键帧之间是浅蓝色背景的黑色箭头表示创建的动画为运动渐变动画。

（2）关键帧之间是浅绿色背景的黑色箭头表示创建的动画为形状渐变动画。

（3）关键帧间的动作如果是虚线，则两关键帧间的动作没有创建，或在创建动作时操作错误。

（4）灰色背景表示将单个关键帧的内容延续到后面的帧。

（5）关键帧上如果有小写的"a"符号，表示给该帧指定了帧交互动作（即帧动作）。

（6）关键帧上有一个小红旗表示在该帧上设定了标签或注释。

2. 帧的编辑

功能

通过插入、删除、复制帧等的操作及帧中内容的变化实现动画的制作。

调用方式

- 通过选择"插入"→"时间轴"命令下的菜单完成帧的插入。

- 右击时间轴中的帧，在快捷菜单中选择相应操作。

【边学边练 5.2】制作打字效果。

（1）新建一个文档，将动画的文档尺寸设置为 720px×120px，背景色设置为黑色，然后单击"确定"按钮完成文档属性的设置，如图 5.18 所示。

（2）在工具箱中选择文本工具，在"属性"面板中设置字体为"隶书"，字号为 50，颜色为白色，加粗，如图 5.19 所示。

图 5.18 "文档属性"对话框

图 5.19　"属性"面板

（3）在舞台中输入文本，如图 5.20 所示。

（4）鼠标右键单击第 2 帧，在弹出的快捷菜单中选择"插入关键帧"命令，如图 5.21 所示。

图 5.20　输入文本　　　　　　　　　　　图 5.21　选择"插入关键帧"命令

（5）将光标放在下划线前，将最后一个文字删除，如图 5.22 所示。

（6）鼠标右键单击第 3 帧，在弹出的快捷菜单中选择"插入关键帧"命令，如图 5.23 所示。

图 5.22　删除文字　　　　　　　　　　　图 5.23　选择"插入关键帧"命令

（7）将光标放在下划线前，继续删除文字，如图 5.24 所示。

（8）依次插入关键帧，然后从后往前依次删除文字，直到第 10 帧，删除文字后效果如图 5.25 所示。

图 5.24　删除文字　　　　　　　　　　　图 5.25　删除完文字

（9）单击第 1 帧，按住 Shift 键的同时单击第 10 帧，将图层 1 的所有帧全部选中（也可以直接单击图层 1 选中全部帧），如图 5.26 所示。

（10）鼠标右键单击选中的帧，在弹出的快捷菜单中选择"翻转帧"命令，如图 5.27 所示。此时，打字效果制作完成。

图 5.26 选中帧

图 5.27 选择"翻转帧"命令

5.2 逐 帧 动 画

逐帧动画的原理是在"连续的关键帧"中分解动画动作，也就是在时间轴的每帧上逐帧绘制不同的内容，使其连续播放而形成动画，这种动画很容易理解。逐帧动画的帧序列内容不一样，不但给制作增加了负担而且最终输出的文件量也很大，但它的优势也很明显：它具有非常大的灵活性，几乎可以表现任何想表现的内容。例如，人物或动物急剧转身、头发及衣服的飘动、走路、说话等。

功能

逐帧动画与电影播放模式相似，很适用于表演很细腻的动画，如 3D 效果、人物或动物急剧转身等效果。

调用方式

- 用导入的静态图片建立逐帧动画：用 JPG、PNG 等格式的静态图片连续导入 Flash 中，就会建立一段逐帧动画。
- 绘制矢量逐帧动画：用鼠标或压感笔在场景中一帧一帧的画出帧内容。
- 文字逐帧动画：用文字作帧中的元件，实现文字跳跃、旋转等特效。
- 导入序列图像：可以导入 GIF 序列图像、SWF 动画文件或者利用第三方软件（如 Swish、Swift 3D 等）产生的动画序列。

【边学边练 5.3】制作踏步走动画。

（1）新建一个 Flash 文档，然后选择"文件"→"导入"→"导入到舞台"命令，如图 5.28 所示。

（2）在弹出的"导入"对话框中，选择所需要的材料。本例选择"Flash CS3-材料\第 5 章"文件夹中的"背景"图片，然后单击"打开"按钮，如图 5.29 所示。

图 5.28 选择"导入到舞台"命令

图 5.29　"导入"对话框

（3）将"背景"图片导入到舞台，效果如图 5.30 所示。

（4）打开"信息"面板，将图片大小设置为 550px×400px，位置与舞台重合，如图 5.31 所示。

（5）将图层 1 重命名为"背景"，如图 5.32 所示。

图 5.30　导入图形

图 5.31　"信息"面板

图 5.32　重命名图层

（6）将"背景"图层锁定，在其上新建一个图层，命名为"人"，如图 5.33 所示。

（7）选择"插入"→"新建元件"命令，打开"创建新元件"对话框，在其中设置名称为"人"，类型为"影片剪辑"，如图 5.34 所示。单击"确定"按钮完成设置。

图 5.33 新建图层

图 5.34 "创建新元件"对话框

（8）在"人"元件的编辑区内，通过"文件"→"导入"→"导入到舞台"命令，打开"导入"对话框，从中选择图片，单击"打开"按钮，如图 5.35 所示。

（9）此时，弹出提示对话框，选择"是"按钮，如图 5.36 所示。

（10）此时，在"人"元件中将会导入多张图，自动创建逐帧动画。效果如图 5.37 所示。

图 5.35 "导入"对话框

图 5.36 选择"是"按钮

图 5.37 插入图形后效果

（11）选中第 8 帧，单击"编辑多个帧"按钮。如图 5.38 所示。

（12）单击第 7 帧，此时，对应的图形被选中，如图 5.39 所示。

图 5.38 选择"编辑多个帧"按钮

图 5.39 选中第 7 帧

（13）以第 8 帧中的图形为标准，将第 7 帧中的图形移动到与第 8 帧重合的位置，如图 5.40 所示。

（14）同理，将其他帧中的图形分别移动到与第 8 帧中图形重合的位置，如图 5.41 所示。

图 5.40　移动第 7 帧图形

图 5.41　移动其他帧图形

（15）单击"编辑多个帧"按钮取消它的选中状态，如图 5.42 所示。

（16）鼠标右键单击第 1 个关键帧，在弹出的快捷菜单中选择"插入帧"命令，在第 1 个关键帧后插入普通帧，如图 5.43 所示。

图 5.42　取消选中

图 5.43　选择"插入帧"命令

（17）使用同样的方法，分别在每个关键帧后插入普通帧，如图 5.44 所示。

（18）返回到场景 1 中，将图库中的"人"元件拖动到"人"图层的第 1 帧，如图 5.45 所示。

图 5.44 编辑帧

图 5.45 放置元件

（19）选中舞台中的元件实例，打开"属性"面板，锁定宽和高的纵横比，更改高为 260，按 Enter 键完成大小设置，如图 5.46 所示。

（20）拖动舞台中的元件实例到合适位置，如图 5.47 所示。使用 Ctrl+Enter 组合键测试影片。

图 5.46 设置大小

图 5.47 移动到合适位置

5.3 运动补间动画

Flash 在制作动画方面的优越性体现在渐变动画上。渐变动画又分为运动补间动画和形状补间动画两类。简单地说，渐变动画就是用户制作好两个关键帧，如果这两个关键帧之间有某种联系，那么就给这两个关键添加"形状补间动画"或者"运动补间动画"，这样就可以制作出从前一关键帧逐步变化为后一关键帧的动画。显然结果不会是从前一关键帧直接跳到后一关键帧，Flash 会在两个关键帧之间自动计算生成由前一关键帧变化到后一关键帧的这些过程帧。

但是，在两个关键帧之间到底是使用"形状补间动画"还是"运动补间动画"，就要看这两个关键帧中所包含的内容了。下面就先来看一下运动补间动画。

功能

运动补间动画主要是通过实例的各种属性（如位置、大小、旋转度、透明度和颜色效果）的变化形成动画效果。它的作用对象是元件实例、群组对象、文本对象。

专家指导　制作运动补间动画最主要的是两个关键帧中的实例必须是同一元件的实例，然后在实例"属性"面板中为实例设置两个不同的属性，让 Flash 逐渐调整这两个属性，逐步完成从前一属性到后一属性的转化。运动补间动画的作用对象是实例、群组对象及文字对象。图形对象不能制作运动补间动画。

调用方式

* 鼠标右键单击两个关键帧之间的任意一帧，在快捷菜单中选择"创建补间动画"命令。
* 选择两个关键帧之间的任意一帧，在"属性"面板中的"补间"下拉列表框中选择"动画"选项。

制作运动补间动画的条件

* 至少存在两个关键帧。
* 在关键帧中包含必要的元件实例、群组对象、文本对象。

【边学边练 5.4】制作 5 种效果的运动补间动画。

（1）新建一个 Flash 文档，打开"文档属性"对话框，在"文档属性"对话框中设置背景颜色为淡蓝色，如图 5.48 所示。

（2）选择"插入"→"新建元件"命令，弹出"创建新元件"对话框，在对话框中设置元件名称为"pic"，类型为"影片剪辑"，如图 5.49 所示。单击"确定"按钮，完成设置。

（3）进入到 pic 元件的内部，在编辑区中通过选择"文件"→"导入"→"导入到舞台"命令，将图片导入到元件的编辑区内，如图 5.50 所示。

（4）返回场景 1 中，将图库中的 pic 元件拖放到舞台中，调整位置到舞台的左侧，如图 5.51 所示。

图 5.48　"文档属性"对话框

图 5.49　"创建新元件"对话框

图 5.50　导入图片

图 5.51　放置元件

（5）在第 20 帧处插入关键帧，并调整舞台中对象到舞台的右侧，如图 5.52 所示。

（6）在第 1 帧到第 20 帧之间的任何一帧处单击鼠标右键，在弹出的快捷菜单中选择"创建补间动画"命令，完成补间动画的操作。效果如图 5.53 所示。

图 5.52　编辑第 20 帧

图 5.53　创建运动补间动画

（7）同样，在第 40 帧处插入关键帧，并将第 40 帧处舞台中的对象通过任意变形工具将它缩小，如图 5.54 所示。

（8）在第 20 帧到第 40 帧之间的任何一帧处单击鼠标右键，在弹出的快捷菜单中选择

"创建补间动画"命令，完成补间动画的操作。效果如图 5.55 所示。

图 5.54　缩小元件实例

图 5.55　创建运动补间动画

（9）同理，在第 60 帧处插入关键帧，并将 60 帧对应的舞台中的对象进行旋转操作，在第 40 帧到第 60 帧之间的任何一帧处单击鼠标右键，在弹出的快捷菜单中选择"创建补间动画"命令，完成补间动画的操作。效果如图 5.56 所示。

（10）在第 80 帧处插入关键帧，并将 80 帧对应的舞台中的对象选中，在"属性"面板中的"颜色"列表中选择"高级"，在弹出的"高级效果"对话框中设置颜色，如图 5.57 所示。

图 5.56　创建运动补间动画

图 5.57　"高级效果"对话框

（11）在第 60 帧到第 80 帧之间的任何一帧处单击鼠标右键，在弹出的快捷菜单中选择"创建补间动画"命令，完成补间动画的操作。效果如图 5.58 所示。

图 5.58　创建运动补间动画

（12）在第 100 帧处插入关键帧，选中第 100 帧中的对象，在"属性"面板中的"颜色"列表框中选择"Alpha"，并将后面的值调整到 10%，如图 5.59 所示。

（13）在第 80 帧到第 100 帧之间的任何一帧处单击鼠标右键，在弹出的快捷菜单中选择"创建补间动画"命令，完成补间动画的操作。效果如图 5.60 所示。

图 5.59　设置 Alpha 值

（14）使用"文件" → "保存"命令将此动画保存，然后按 Ctrl+Enter 组合键测试影片。

图 5.60　创建运动补间动画

5.4　形状补间动画

功能

形状补间动画是通过外形，包括形状、大小、位置、透明度和颜色的变化所形成的动画效果。在制作时只需要先绘制好图形的起始形态和最终形态，然后让 Flash 把中间的变化过程绘制出来。

专家指导 制作形状补间动画只需要先绘制好图形的起始形态和最终形态，然后创建形状补间动画，Flash 应用程序会自动完成中间的变化过程。形状补间动画的作用对象是图形对象。在使用形状补间动画时，一定要保证关键帧中没有实例、群组对象及文字对象，否则会导致形状补间动画无效。

调用方式

- 选择两个关键帧之间的任意一帧，在"属性"面板中的"补间"下拉列表框中选择"形状"选项。

【边学边练 5.5】制作形状补间动画。

（1）新建一个 Flash 文档，打开"文档属性"对话框，在其中设置背景颜色为#FFCF63，如图 5.61 所示。单击"确定"按钮，完成文档属性设置。

（2）使用矩形工具，在舞台中绘制一个没有边框线的红色矩形，如图 5.62 所示。

图 5.61　设置文档属性

图 5.62　绘制矩形

（3）在第 15 帧处插入空白关键帧，如图 5.63 所示。

（4）使用椭圆工具在舞台上绘制一个没有边框线的蓝色椭圆，如图 5.64 所示。

（5）选中第 1 帧到第 15 帧之间的任意一帧，打开"属性"面板，在"补间"列表框中选择"形状",如图 5.65 所示。

图 5.63　插入空白关键帧

图 5.64　绘制椭圆

图 5.65　"属性"面板

5.5　实训项目——图片展示

【实训目的】

练习基本动画的制作过程。

【上机准备】

（1）熟练掌握基本动画的制作原理。

（2）掌握每种基本动画的作用对象。

（3）掌握每种基本动画的制作方法。

【上机操作】

最终的效果图如图 5.66 所示。

图 5.66 效果图

具体步骤如下。

（1）新建 Flash 文档，打开"文档属性"对话框，在其中设置文档大小为 800px×200px，背景颜色为黑色，如图 5.67 所示。

图 5.67 "文档属性"对话框

（2）将图层 1 重命名为"1"。选择线条工具，在舞台中绘制一条长 150px 的白色水平线，如图 5.68 所示。

（3）在第 5 帧处插入关键帧，返回第 1 帧，对第 1 帧中的水平线进行编辑，删除多余的线段，只留一小部分，如图 5.69 所示。

图 5.68 绘制水平线

图 5.69 编辑第 1 帧

（4）选中第 1 帧到第 5 帧之间的任意一个帧，打开"属性"面板，在"补间"列表框中选择"形状"，如图 5.70 所示。

（5）将 1 图层锁定，在其上新建一个图层，重命名为"2"，在 2 图层的第 5 帧插入关键帧，并绘制高 112.5px 的白色垂线。效果如图 5.71 所示。

图 5.70　"属性"面板

图 5.71　绘制垂线

（6）在 2 图层的第 10 帧处插入关键帧，返回第 5 帧，将其中的垂线删除多余的线段，只留一小部分，如图 5.72 所示。

（7）选中第 5 帧到第 10 帧之间的任意一个帧，打开"属性"面板，在"补间"列表框中选择"形状"，创建形状补间动画。效果如图 5.73 所示。

图 5.72　编辑第 5 帧

图 5.73　编辑 2 图层

（8）同样，锁定 2 图层，在 2 图层上新建一个图层，重命名为"3"。在 3 图层的第 5 帧处插入关键帧，在水平线的右侧绘制同样的一条垂线，在第 10 帧处插入关键帧。返回第 5 帧，编辑线段，然后在第 5 帧和第 10 帧之间创建形状补间动画。效果如图 5.74 所示。

（9）锁定 3 图层，在 3 图层上新建一个图层，重命名为"4"。在 4 图层的第 10 帧处插入关键帧，从左侧垂线的下端绘制一条向右的、长为 75px 的水平线，在第 15 帧处插入关键帧。返回第 10 帧，编辑线段，然后在第 10 帧和第 15 帧之间创建形状补间动画。效果如图 5.75 所示。

图 5.74　编辑 3 图层

图 5.75　编辑 4 图层

（10）锁定 4 图层，在 4 图层上新建一个图层，重命名为"5"。在 5 图层的第 10 帧处插入关键帧，从右侧垂线的下端绘制一条向左的、长为 75px 的水平线，在第 15 帧处插入关键帧。返回第 10 帧，编辑线段，然后在第 10 帧和第 15 帧之间创建形状补间动画。效果如图 5.76 所示。

（11）选择"插入"→"新建元件"命令，打开"创建新元件"对话框，在其中输入元件名称"box"，设置类型为"影片剪辑"，如图 5.77 所示。单击"确定"按钮完成设置。

图 5.76　编辑 5 图层

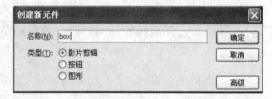

图 5.77　"创建新元件"对话框

（12）在 box 元件的编辑区内绘制一个大小为 150px×112.5px、颜色为白色的矩形，并将它与编辑区的中心点对齐。效果如图 5.78 所示。

（13）返回到场景 1 中，分别将 5 个图层延续到第 80 帧，如图 5.79 所示。

图 5.78　绘制矩形

图 5.79　插入普通帧

（14）在 5 图层的上方新建一个图层，命名为"box1"，在第 15 帧处插入关键帧，并将 box 元件从图库中拖动到舞台上，与原来的矩形对齐。效果如图 5.80 所示。

（15）在 box1 图层的第 25 帧处插入关键帧，并将第 25 帧中的对象向左移动。效果如图 5.81 所示。

图 5.80　放置实例

图 5.81　编辑第 25 帧

（16）鼠标右键单击第 15 帧到第 25 帧之间的任意一帧，在弹出的快捷菜单中选择"创建补间动画"选项，创建运动补间动画。效果如图 5.82 所示。

（17）锁定 box1 图层，在 box1 图层上新建一个图层，命名为"box2"，在第 15 帧处插入关键帧。同样将图库中的 box 元件拖动到舞台中与中间的矩形对齐，在第 25 帧处插入关键帧，将其中的对象向右移动到合适位置，然后创建运动补间动画。效果如图 5.83 所示。

图 5.82　编辑 box1 图层

图 5.83　编辑 box2 图层

（18）在 box2 图层上新建两个图层，分别命名为"box3"和"box4"，分别在两个图层的第 25 帧处插入关键帧，将图库中的 box 元件分别拖动到两个图层的舞台中与中间的矩形对齐，在第 35 帧处插入关键帧，将 box3 图层中的对象向左移动到合适位置，将 box4 图层中的对象向右移动到合适位置，然后在两个图层中分别创建运动补间动画。效果如图 5.84 所示。

（19）选择"插入"→"新建元件"命令，打开"创建新元件"对话框，在其中输入元件名称为"p1"，设置类型为"影片剪辑"，如图 5.85 所示。单击"确定"按钮完成设置。

图 5.84　移动元件实例

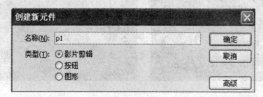

图 5.85　"创建新元件"对话框

（20）在 p1 元件的编辑区内，通过选择"文件"→"导入"→"导入到舞台"命令，导入需要的图片。效果如图 5.86 所示。

（21）使用相同的方法分别创建另外 4 个元件 p2、p3、p4、p5。效果分别如图 5.87～图 5.90 所示。

图 5.86　p1 元件

图 5.87　p2 元件

图 5.88　p3 元件

图 5.89　p4 元件

图 5.90　p5 元件

（22）返回到场景 1 中，在 box4 图层上分别创建 5 个图层，分别命名为 "p1"、"p2"、"p3"、"p4"、"p5"，在新建的 5 个图层中的第 35 帧处分别插入关键帧，如图 5.91 所示。

（23）将图库中的 p1、p2、p3、p4、p5 5 个元件分别拖动到新建的 5 个图层中，将元件放入与元件名称一致的图层中，并在 p2～p5 4 个图层中的第 45 帧处插入关键帧，如图 5.92 所示。

图 5.91　插入关键帧

图 5.92　插入关键帧

（24）将 p2 图层第 45 帧中的对象向左侧移动到合适位置，并在第 35 帧到第 45 帧之间创建运动补间动画，如图 5.93 所示。

（25）将 p3 图层第 45 帧中的对象向右侧移动到合适位置，并在第 35 帧到第 45 帧之间创建运动补间动画，如图 5.94 所示。

图 5.93　编辑 p2 图层

图 5.94　编辑 p3 图层

（26）同理，将 p4 图层第 45 帧中的对象向左侧移动到合适位置，将 p5 图层中的对象向右移动到合适位置，并在第 35 帧到第 45 帧之间创建运动补间动画，如图 5.95 所示。

（27）将 p4 和 p5 图层中的第 35 帧到第 45 帧之间的所有帧整体向后移动到 45 帧处，如图 5.96 所示。

（28）至此，图片展示动画制作完成，通过选择"文件"→"保存"命令来保存文档，使用 Ctrl+Enter 组合键测试影片。

图 5.95　编辑 p4 和 p5 图层

图 5.96　移动帧

5.6　习　　题

1. 选择题

（1）运动补间动画的作用对象包括元件实例群组和（　　）。

　　A．矢量图　　　　　B．线条　　　　　C．位图　　　　　D．文字

（2）多个文字要作形状补间动画，需要打散（　　）次。

    A. 1   B. 2   C. 3   D. 4

（3）（   ）是运动补间动画的特殊效果。

    A. 颜色   B. 大小   C. 形状   D. 旋转

（4）（   ）是形状补间动画的特殊效果。

    A. 透明度   B. 大小   C. 形状   D. 颜色

（5）形状补间动画的创建方法为（   ）。

    A. 右键单击，在弹出的快捷菜单中选择"补间动画"

    B. 在"属性"面板中的"补间"下拉列表框中选择"动画"

    C. 在"属性"面板中的"补间"下拉列表框中选择"形状"

    D. 以上答案均不对

2. 填空题

（1）Flash CS3 中动画可分为_____动画和_____动画，_____动画又分为运动补间动画和形状补间动画。

（2）逐帧动画原理是_____。

（3）运动补间动画的作用对象必须是_____的不同实例。

（4）形状补间动画的作用对象是_____。

（5）矢量图形想作运动补间动画，则必须_____。

3. 上机操作题

（1）使用运动补间动画制作叠影字效果，设计效果如图 5.97 所示。

（2）使用运动补间动画制作弹跳的小球效果，设计效果如图 5.98 所示。

（3）使用形状补间动画制作心的变形效果，设计效果如图 5.99 所示。

          图 5.97 叠影字

    图 5.98 弹跳的小球

    图 5.99 心的变形效果

第6章

特 效 动 画

本章知识点概述

在 Flash CS3 中有两种图层特效，即运动引导层与遮罩层，通过它们可以创建运动引导层动画与遮罩动画。运动引导动画属于运动补间动画的一种，是可以实现动画对象按照自定义的运动轨迹来进行位移的动画。需要注意的，在运动引导层动画中，它的作用对象必须是实例、群组、文字对象。在遮罩动画中，必须清楚遮罩层与被遮罩层的关系，这是动画中常用的两种类型，是制作复杂的 Flash 综合动画的基础。

本章所含知识点

- ➢ 运动引导层与遮罩层的概念
- ➢ 运动引导动画的对象
- ➢ 遮罩图层中的对象
- ➢ 遮罩层与被遮罩层的关系

知识重点

- ➢ 两种特效动画的制作
- ➢ 遮罩层与被遮罩层的关系
- ➢ 运动引导动画的作用对象
- ➢ 遮罩图层中的对象

知识难点

- ➢ 遮罩层与被遮罩层的关系

6.1 运动引导动画

Flash CS3 中的运动引导动画中有两个比较特殊的图层,即普通引导层和运动引导层,它们统称为引导层。在引导层中可以像其他图层一样绘制各种图形、引入元件等,但最终发布作品的时候,它们不会显示。

普通引导层,主要为其他层提供辅助绘图和绘图定位的帮助。运动引导层,起到设置运动路径的导向作用,使与之相链接的被引导层中的对象沿此路径运动。在实际应用中,普通引导层的使用并不多,更多的是利用运动引导层产生特殊的动画效果。

运动引导动画实际上是运动补间动画的特例,它只是运动补间动画加上了运动轨迹的控制。因此绘制的矢量图形,如果不建立群组对象或者转换成元件,同样也无法用于运动引导动画。

引导线就是为图形设定运动路径的线。在引导图层上设置引导线后,被引导图层上的对象就会沿着引导线运动。任何有框线的图形(群组除外)都可以被设定为引导线。但是,引导线必须被定义在特殊的图层上(也就是引导层)才有意义。引导层上的所有内容只作为对象运动的参考线,而不会出现在作品的最终效果中。

功能

让一个对象沿着固定的运动路径运动,这条路径可以是一条直线,也可以是条曲线,甚至还可以是一条封闭的曲线。

调用方式

* 在运动引导图层上绘制运动路径,在被引导图层上的起始关键帧和终止关键帧上安排对象的位置,然后创建运动引导动画。

专家指导

实例的中心位置并不一定全在对象的正中心,Flash 判定对象的中心是根据其所在的元件中心来确定的,在建立新元件的时候元件工作区中心都有一个小的十字,而 Flash 认为这是此对象的中心位置,不管对象具体离十字的距离,这就产生了对象"中心"并不全都在对象正中心。

【边学边练 6.1】制作"奔跑的猎豹"。

(1)新建一个文档,将动画的文档尺寸设置为 640px×480px,背景色设置为白色,如图 6.1 所示。

图 6.1 "文档属性"对话框

（2）选择"插入"→"新建元件"命令，打开"创建新元件"对话框，在此对话框中输入元件名称"猎豹 1"，选择元件类型"影片剪辑"，单击"确定"按钮，如图 6.2 所示。

（3）进入到"猎豹 1"元件的编辑区后，选择"文件"→"导入"→"导入到舞台"命令，将"猎豹"导入到舞台中。效果如图 6.3 所示。

图 6.2　"创建新元件"对话框

图 6.3　导入图片后的效果

（4）继续选择"插入"→"新建元件"命令，打开"创建新元件"对话框，在此对话框中输入元件名称"猎豹 2"，选择元件类型"影片剪辑"，如图 6.4 所示。

（5）进入到"猎豹 2"元件的编辑区后，将图库中的"猎豹 1"元件拖放到编辑区中，并将后脚的前端与编辑区中心点对齐，再利用自由变形工具将变形中心点移动到后脚上。效果如图 6.5 所示。

图 6.4　"创建新元件"对话框

图 6.5　移动变形中心点

（6）在图层 1 上新建图层 2，将图层 1 中的猎豹，复制粘贴到新建图层 2 中，位置与图层 1 的位置相同。锁定图层 1，在图层 2 中，将图形垂直翻转，并且下移。效果如图 6.6 所示。

（7）选中图层 2 中的实例，在"属性"面板中设置它的色调值均为 102，如图 6.7 所示。

（8）此时，图层 2 中的对象效果如图 6.8 所示。

图 6.6 复制并编辑新对象

图 6.7 调整颜色

图 6.8 调整颜色后的效果

（9）返回场景 1，将图层 1 重命名为"背景"，并导入背景图片，设置图片大小为 640px× 480px，并与舞台重合。在"背景"图层的第 60 帧处插入普通帧。效果如图 6.9 所示。

（10）新建图层 2，重命名为"树干"。然后分别导入"树干 1"、"树干 2"，调整导入图形的位置，使之与背景图中的树干相重叠，如图 6.10 所示。

127

图 6.9 导入图片

图 6.10 移动树干

（11）在"背景"图层上面新建图层 3，命名为"豹"。然后将"猎豹 2"拖入场景中，如图 6.11 所示。

（12）在"豹"的图层上添加引导层，并在引导层中绘制一条曲线，如图 6.12 所示。

（13）将引导层锁定，在"豹"的图层上的第 60 帧处插入关键帧。将第 1 个关键帧中的"豹"实例放在引导线的左侧端点处对齐，将第 2 个关键帧中的"豹"实例放在引导线的右侧端点处对齐。然后创建运动补间动画，如图 6.13 所示。

（14）到此，动画制作完成，使用 Ctrl+Enter 组合键测试影片。

图 6.11　放置元件

图 6.12　绘制运动路径

图 6.13　创建运动补间动画

6.2 遮 罩 动 画

遮罩就是一种范围的设定，它可以方便地确定哪些东西可以显现出来，哪些东西不能显现出来。遮罩层上的对象可以看作是透明的，而其他部分则是不透明的。

被遮罩层在遮罩层的下面，正对遮罩层的对象的部分可看见，其他部分不能看见。被遮罩层的内容就像透过一个窗口显示出来一样，这个窗口的形状就是遮罩层中的内容的形状。当在遮罩层中绘制对象时，这些对象具有透明效果，可以把图形位置的背景显露出来。遮罩层对被遮罩层的影响仅仅体现在可视与不可视上。

一般来说，遮罩层中的对象必须是色块、文字、位图、元件实例或群组对象，线条在遮罩层上是不起作用的，也就是不能对被遮罩层起作用而被遮罩层不管是线条或位图都不限制。

功能

使用遮罩层可以制作出特殊的动画效果，如动态彩虹文字效果等。如果将被遮罩层比作彩虹，当遮罩层静止时，它的颜色还是不断变化的。另外，一个遮罩层可以同时遮罩几个图层，从而产生各种特殊的效果。

调用方式

- 鼠标右键单击图层，在弹出的快捷菜单中选择"遮罩层"命令。
- 鼠标右键单击图层，在弹出的快捷菜单中选择"属性"命令，在"图层属性"对话框中选择"遮罩层"。

【边学边练 6.2】制作闪光效果。

（1）新建一个 Flash 文档，设置其文档属性，大小为 500px×500px，背景色为黑色，如图 6.14 所示。

（2）选择"插入"→"新建元件"命令，打开"创建新元件"对话框，在此对话框中输入元件名称为"线条"，设置类型为"影片剪辑"，如图 6.15 所示。然后单击"确定"按钮，完成对话框的设置。

图 6.14 "文档属性"对话框

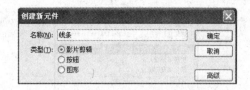

图 6.15 "创建新元件"对话框

（3）在工具箱中选择线条工具，在"线条"元件的编辑区内绘制一条直线。然后选中直线，在"属性"面板中设置直线颜色为黄色，线粗为 3，宽为 400，高为 0，X 为 0，Y 为 0，如图 6.16 所示。

（4）使用工具箱中的自由变形工具将直线的变形中点拖至直线左端点的下方，如图 6.17 所示。

图 6.16 "属性"面板

图 6.17 移动变形中心点

（5）打开"变形"面板，在"旋转"项后的文本框中输入 10，然后多次单击"复制并应用"按钮，如图 6.18 所示。

（6）将编辑区中的直线进行多次复制并应用后，在编辑区中所呈现的效果如图 6.19 所示。

（7）选中编辑区中的所有线条，选择"编辑"→"形状"→"将线条转为填充"命令，将选中的线条全部转为填充，如图 6.20 所示。

图 6.18 设置旋转角度

图 6.19 复制并应用变形后效果

图 6.20　选择"将线条转为填充"命令

（8）返回场景 1 中，将"线条"元件拖放到舞台中，与舞台垂直、水平居中，在第 60 帧处插入普通帧。单击图层 1 中的对象，将它复制，然后锁定图层 1。在图层 1 上新建图层 2，选中图层 2 中的第 1 帧，选择"编辑"→"粘贴到当前位置"命令，如图 6.21 所示，将图层 1 中的对象粘贴到图层 2 中。

（9）将图层 2 中的对象选中，选择"修改"→"变形"→"水平翻转"命令，如图 6.22 所示，将选中的对象作变形。

图 6.21　选择"粘贴到当前位置"命令

图 6.22　选择"水平翻转"命令

（10）在图层 2 的第 60 帧处插入关键帧，右键单击第 1 帧到第 60 帧之间的任意一帧，在弹出的快捷菜单中选择"创建补间动画"选项，完成运动补间动画的制作。效果如图 6.23 所示。

（11）单击第 1 帧到第 60 帧之间的任意一帧，打开"属性"面板，在"旋转"下拉列表框中选择"顺时针"，设置次数为"3"，如图 6.24 所示；鼠标右键单击图层 2，在弹出的快捷菜单中选择"遮罩层"。

（12）至此，闪光动画制作完成，使用 Ctrl+Enter 组合键测试影片。

图 6.23　创建运动补间动画

图 6.24　设置旋转

6.3　实训项目——毛笔字动画

【实训目的】

熟练使用运动引导动画及遮罩动画的制作方法。

【上机准备】

（1）熟练使用工具箱中的工具。

（2）熟练掌握运动引导动画的制作。

（3）熟练掌握遮罩动画的制作。

【上机操作】

毛笔字的动画效果如图 6.25 所示。

图 6.25　效果图

1. 设置文档的属性

（1）新建 Flash 文档，右击工作区域，在弹出的快捷菜单中选择"文档属性"命令，如图 6.26 所示。

（2）在弹出的"文档属性"对话框中设置舞台大小为宽 500px、高 350px、背景颜色为 #006563，如图 6.27 所示。

图 6.26　选择"文档属性"命令　　　　　　　　图 6.27　设置文档属性

2. 制作卷轴画

（1）选择"插入"→"新建元件"命令，如图 6.28 所示。

图 6.28　选择"新建元件"命令

（2）在弹出的"创建新元件"对话框中对新建元件命名为"卷轴"，选择类型为"影片剪辑"，如图 6.29 所示。

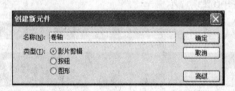

图 6.29　"创建新元件"对话框

（3）在"卷轴"元件中绘制一个没有边框线，有填充的宽 25px、高 240px 的矩形。利用"对齐"面板，相对于舞台居中。效果如图 6.30 所示。

（4）设置矩形的填充色为线性渐变，左端颜色为#000000，中间颜色为#ff0000，右端颜色为#000000，如图 6.31 所示，然后按 Ctrl+G 组合键组合。

图 6.30　绘制矩形　　　　　　　　　　图 6.31　设置矩形的填充色

（5）利用矩形工具继续绘制没有边框线的宽 9px、高 14px 的矩形，如图 6.32 所示。放置在上一矩形的上端，相对于舞台水平居中。

（6）设置矩形的填充色为线性渐变，左端颜色为#000000，中间颜色为#ffffff，右端颜色为#000000，如图 6.33 所示，然后按 Ctrl+G 组合键组合。

图 6.32 设置矩形大小　　　　　　　　　图 6.33 设置矩形的填充色

（7）选中小矩形，按 Ctrl+D 组合键将其复制，将它放置在大矩形的下端合适位置，然后利用"对齐"面板将它相对于舞台水平居中。效果如图 6.34 所示。

（8）利用绘图工具栏中的椭圆工具绘制一个正圆，大小为 30px×30px。设置正圆的填充色为放射状，左侧色块为#ff0000，右侧色块为#000000，如图 6.35 所示。

图 6.34 设置矩形位置　　　　　　　　　图 6.35 设置正圆的颜色

（9）利用线条工具在圆的偏下方绘制一条水平直线，如图 6.36 所示。

（10）利用选择工具，删除圆的多余部分，然后按 Crtl+G 组合键组合。将它放在矩形上方，然后相对于舞台水平居中。效果如图 6.37 所示。

图 6.36 绘制直线　　　　　　　　　　图 6.37 设置半圆位置

（11）选中半圆，按 Ctrl+D 组合键将其复制，选择"修改"→"变形"→"垂直翻转"命令，将它移动到矩形的下方，相对于舞台水平居中。效果如图 6.38 所示。

（12）返回到场景 1 中，将图层 1 重命名为"左轴"，将卷轴拖动到舞台中，如图 6.39 所示。

图 6.38　复制后效果

图 6.39　放置卷轴

（13）在"左轴"图层上新建一个图层，重命名为"右轴"，如图 6.40 所示。

（14）同样，将卷轴拖放到"右轴"图层中。调整两个轴的位置在舞台中的中央位置，如图 6.41 所示。

图 6.40　新建图层

图 6.41　放置左右轴

（15）分别在两个图层的第 10 帧处插入关键帧。分别移动两个轴到舞台的两侧，如图 6.42 所示。

（16）分别在两个图层的第 1 帧到第 10 帧之间创建运动补间动画，如图 6.43 所示。

图 6.42　移动两轴

图 6.43　创建运动补间动画

（17）在左轴的下方新建一个图层，命名为"纸"。在"纸"图层上的第 10 帧处插入关键帧，绘制一颜色为黄色、大小为 430px×240px 的矩形，如图 6.44 所示。

（18）在黄色矩形上再绘制一个边框线为黑色、填充色为白色的矩形，设置大小为 350px×155px，如图 6.45 所示。

图 6.44 绘制黄色矩形

图 6.45 绘制白色矩形

（19）将纸图层的第 10 帧移到第 1 帧处，然后在纸图层上新建一个图层，命名为"遮罩"。舞台效果如图 6.46 所示。

（20）在"遮罩"图层上绘制一个没有边框线、颜色任意的矩形，设置大小为 430px×240px，如图 6.47 所示。

图 6.46 移动第 10 帧效果

图 6.47 绘制矩形

（21）在第 10 帧处插入关键帧。单击第 1 帧，利用任意变形工具调整第 1 帧中矩形的大小。按住 Alt 键拖动右侧控制点将它变形至两轴的宽度，如图 6.48 所示。（图中"卷轴"图层以框线形式显示）

（22）单击"遮罩"图层第 1 帧到第 10 帧之间的任何一帧，在"属性"面板中的"补间"下拉列表框中选择"形状"，创建形状补间动画，如图 6.49 所示。

图 6.48 调整矩形宽度

图 6.49 设置形状补间动画

（23）鼠标右键单击遮罩图层，在弹出的快捷菜单中选择"遮罩层"命令，实现卷轴的动画效果，如图 6.50 所示。

图 6.50　卷轴效果

3. 绘制毛笔

（1）新建一个影片剪辑元件，命名为"毛笔"。在"毛笔"元件的编辑区中绘制一个没有边框线的矩形，设置大小为 15px×180px，相对于舞台垂直、水平居中，如图 6.51 所示。

（2）设置矩形的填充颜色为线性渐变颜色，左侧色块颜色为#ffcc33，中间色块颜色为#ffffff，右侧色块颜色为#ffcc33，如图 6.52 所示。然后，按 Ctrl+G 组合键将它组合。

图 6.51　绘制矩形

图 6.52　设置矩形的填充色

（3）绘制一个没有边框线的小矩形，设置大小为 8px×4px，填充颜色为线性渐变颜色，左侧颜色为#000000，中间为#ffffff，右侧为#000000，如图 6.53 所示。然后，按 Ctrl+G 组合键组合。

（4）将小矩形放置在大矩形的上端，相对于舞台水平居中，如图 6.54 所示。（放大效果）

图 6.53　设置小矩形的填充色

图 6.54　调整小矩形位置

（5）利用铅笔工具在小矩形上绘制一个红线圈，如图 6.55 所示。（放大效果）

（6）在大矩形的下端绘制一个没有边框线的矩形，设置大小为 15px×30px，填充颜色为线性渐变颜色，左侧色块为#000000，中间色块为#999999，右侧色块为#000000，如图 6.56所示。

（7）利用选择工具对矩形进行调整，调整为上宽下窄的形状。按 **Ctrl+G** 组合键将其组合，并放置在合适的位置，如图 6.57 所示。（放大效果）

图 6.55 绘制红线圈

图 6.56 设置矩形的填充色

图 6.57 调整矩形

（8）绘制笔头。利用椭圆工具绘制一个椭圆，再利用线条工具截去上面一部分，然后设置填充颜色为放射状，左侧色块颜色为#000000，右侧色块为#cccccc，如图 6.58 所示。

（9）设置好颜色后，利用填充变形工具对所填充的颜色进行调整，然后将笔头放置在下端。效果如图 6.59 所示。（放大效果）

图 6.58 设置笔头填充色

图 6.59 调整笔头

4. 设置书法文字

（1）返回到场景中，在"右轴"图层上新建一个图层，命名为"文字"。在第 11 帧处插入关键帧，然后利用文本工具输入文本"宁静致远"。如图 6.60 所示。

图 6.60 输入文本

（2）选中文本，利用"属性"面板对文本进行修改。设置字体为"华文行楷"，字号为70，如图 6.61 所示。

图 6.61 设置文本的属性

（3）将设置好属性后的文本彻底打散（按 Ctrl+B 组合键 2 次），如图 6.62 所示。

（4）从第 12 帧处开始，使用橡皮擦工具，将文字按照笔画相反的顺序，倒退着将文字擦除，每擦一次按 F6 键一次（即插入一个关键帧），每次擦去多少决定写字的快慢。第 14 帧处删除后的效果如图 6.63 所示。

图 6.62　打散文本　　　　　　　　　　　　　　图 6.63　第 14 帧处效果

（5）利用橡皮擦依次删除笔画到第 46 帧处的内容，删除效果如图 6.64 所示。

（6）一直把所有的书法字都擦完。然后在"文字"图层上，将第 11 帧到最后一帧全部选择，单击右键，在弹出的快捷菜单中选择"翻转帧"命令，将其顺序全部颠倒过来，如图 6.65 所示。

图 6.64　第 46 帧处效果　　　　　　　　　　　图 6.65　选择"翻转帧"命令

5. 制作"毛笔"动画

（1）在"文字"图层上面新建一个图层，命名"毛笔"。在该图层第 11 帧处插入关键帧，然后将"毛笔"元件从图库中拖放到舞台中，如图 6.66 所示。

图 6.66　放置毛笔

（2）使用任意变形工具将其调整到合适的大小和起笔的位置，并将变形中心点移动到毛笔头处，如图 6.67 所示。

图 6.67　调整毛笔

（3）依次在第 11 帧之后按 F6 键插入关键帧，并移动毛笔，使毛笔始终随着笔画最后的位置走。第 13 帧处的效果如图 6.68 所示。

图 6.68　第 13 帧毛笔位置

（4）依照不同的笔画移动毛笔，在第 61 帧处的效果如图 6.69 所示。

图 6.69　第 61 帧处毛笔位置

（5）毛笔随着笔画最后的位置走，到最后的效果如图 6.70 所示。

图 6.70　最终效果

（6）在"毛笔"图层的第 101 帧处插入空白关键帧，然后在所有图层的第 120 帧处插入普通帧，如图 6.71 所示。

图 6.71　插入帧

（7）至此，完整的动画已经完成。这时按 Ctrl+Enter 组合键测试动画，可以看到完整作品的动画效果。测试调整完毕，使用"文件"→"保存"命令保存文档。

6.4 习　　题

1. 选择题

（1）在遮罩图层上不起作用的对象是（　　　）。

    A．实例　　　　　B．矢量图　　　　C．线条　　　　D．文字

（2）以下对于引导层的叙述错误的是（　　　）。

    A．利用引导层可以制作对象沿着特定的路径运动的动画

    B．可以将多个图层与同一个引导层相关联，从而使多个对象沿相同的路径运动

    C．引导层中的内容不会显示在最终的动画中

    D．在预览动画时，引导层中的引导线将显示在最终的动画中

（3）（　　　）对象可以制作引导动画。

    A．形状　　　　　B．文字　　　　　C．组　　　　D．元件实例

（4）遮罩的制作必须有两层才能完成，下面描述正确的是（　　　）。

    A．上面的层称为遮罩层，下面的层称为被遮罩层

    B．上面的层称为被遮罩层，下面的层称为遮罩层

    C．上下图层均为遮罩层

    D．以上答案均不对

（5）如果想制作运动引导动画，下面说法正确的是（　　　）。

    A．引导层放在运动对象所在图层的下面

    B．引导层放在运动对象所在图层的上面

    C．在同一图层上

    D．以上答案均不对

2. 填空题

（1）Flash CS3 中共有_____个特殊的图层，它们分别是_____和_____。

（2）运动引导动画中引导路径必须在_____上才起作用。

（3）引导层是 Flash 中比较特殊的图层，用于辅助其他层对象的运动或定位，包括_____和_____。

（4）运动引导动画建立在_____基础之上。

（5）遮罩图层对被遮罩图层的作用仅体现在_____。

3. 上机操作题

（1）使用一个遮罩图层遮罩三个图层，设计效果如图 6.72 所示。

图 6.72　设计效果

（2）使用遮罩图层制作电影文字显示，设计效果如图 6.73 所示。

图 6.73　电影文字

（3）使用引导层制作飞机飞行动画，设计效果如图 6.74 所示。

图 6.74　飞机飞行

第 7 章

声音与视频的编辑

本章知识点概述

　　声音是多媒体作品中不可或缺的一种媒介手段。在 Flash CS3 中可以使用多种方法为动画添加声音，这些声音既可以独立于时间轴连续播放，也可以和动画同步播放。在使用声音作为动画组成的一部分时，为了不影响动画在网上的传输性能，选择被导入的声音格式是非常重要的。在 Flash CS3 中可以导入多种格式的声音文件，如 WAV、Mp3、WMV 等。

本章所含知识点

➢ Flash 中导入声音的一般方法
➢ Flash 中导入视频的方法
➢ Flash 动画中声音的基本编辑

知识重点

➢ 声音与视频的导入
➢ 声音的编辑

知识难点

➢ 声音的编辑

7.1　声音文件的导入

Flash 提供了两种类型的声音文件，即事件声音（event sounds）和流式声音（stream sound）。事件声音要在数据完全下载后才能播放，直到有明确的停止命令才会停止声音的播放；而流式声音，只要接收到前几帧的声音数据，就能与动画的时间轴同步播放。

功能

将声音文件导入到图库中，可以在文档中无数次地使用。

调用方式

* 通过选择"文件"→"导入"→"导入到库"（或者"导入到舞台"）命令将其导入到 Flash 文档中。

【边学边练 7.1】导入 MP3 格式的音乐"QQ 爱"。

（1）选择"文件"→"导入"→"导入到库"（或者"导入到舞台"）命令，打开"导入到库"对话框，在"查找范围"下找到所需要声音的位置，如图 7.1 所示。

（2）选中需要导入进来的音乐，单击"打开"按钮，如图 7.2 所示。

（3）单击"打开"按钮后，会弹出一个"正在处理"对话框，等待处理完成即可将声音文件导入进来，如图 7.3 所示。

（4）此时，打开"库"面板，便可看见声音文件"QQ 爱"在图库中，即证明声音文件已经导入进来，如图 7.4 所示。

图 7.1　"导入到库"对话框

图 7.2　选择声音文件

图 7.3　"正在处理"对话框　　　　　　　　图 7.4　"库"面板

7.2　设置声音的属性

在 Flash 动画中导入声音文件后，该声音文件首先被放置在"库"中，接下来就是对声音文件的属性进行设置。

功能

设置声音的压缩格式。

调用方式

- 双击"库"面板中的 ⣿（声音）图标，弹出"声音属性"对话框，在其中进行设置。
- 鼠标右键单击"库"面板中的声音文件，在弹出的快捷菜单中选择"属性"命令，弹出"声音属性"对话框，在其中进行设置。
- 单击选中"库"面板中的声音文件，然后再单击"库"面板下方的 ❶（属性）按钮，弹出"声音属性"对话框，在其中进行设置。

在"声音属性"对话框中进行声音属性设置，主要是进行声音的压缩，对声音进行压缩的目的就是可以减小 Flash 文件的容量。

"声音属性"对话框中包括 5 种压缩方式，依次介绍如下。

（1）选择"默认"选项后，会以"发布设置"或者"导出 Flash 播放器"对话框中的声音输出设定值为输出依据，如图 7.5 所示。

（2）ADPCM 格式压缩用于设置 8 位或 16 位声音数据的设置。当导入像单击按钮这样的短事件声音时，建议使用 ADPCM 格式设置。选择 ADPCM 格式后，"声音属性"对话框发生变化，可以对其中 3 项内容进行设置，如图 7.6 所示。

① "预处理"栏中，启用"将立体声转换为单声道"复选框可以使双声道转换为单声道声音，从而减小文件的容量。

② "采样率"选项用以控制文件的饱和度和文件大小。较低的采样率可减小文件，但

也会降低声音品质。Flash 不能提高导入声音的采样率。如果导入的音频为 11kHz 声音，就算将它设置为 22kHz，也只是 11kHz 的输出效果。"采样率"有多个选项，5kHz 的采样率仅能达到人们讲话的声音质量；11kHz 的采样率是播放小段声音的最低标准，是 CD 音质的四分之一；22kHz 采样率的声音可以达到 CD 音质的一半，目前大多数网站都选用这样的采样率；44kHz 的采样率是标准的 CD 音质，可以达到很好的听觉效果。

③ "ADPCM 位"用于设置声音输出时位数转换。一般来说，位数越大，所包含的信息越多，也就越逼真，但所占的内存也就越大。

图 7.5　"默认"格式

图 7.6　ADPCM 格式

（3）MP3 格式适用于较长的声音文件，以及设定为流式的声音文件。如果动画采用声音质量类似于 CD 音乐的配乐，最适合选用 MP3 格式。选择 MP3 格式后的"声音属性"对话框如图 7.7 所示，可以对其中 2 项进行设置。

① "比特率"用于决定导出的声音文件每秒播放的位数。Flash 支持 8kbps 到 160kbps CBR（恒定比特率）。当导出声音时，需要将比特率设为 16 kbps 或更高，以获得最佳效果。

② "品质"用于设置确定压缩速度和声音质量。"快速"可以使声音速度加快而使声音质量降低，"中"可以获得稍微慢一些的压缩速度和高一些的声音质量，"最佳"可以获得最慢的压缩速度和最高的声音质量。但是，这 3 种品质都不会影响文件的大小。

图 7.7　MP3 格式

（4）选择"原始"格式不会对声音文件进行压缩，如图 7.8 所示。

（5）选择"语音"格式不会对声音文件进行压缩，它使用一个特别适合语音的压缩方式导出声音，如图 7.9 所示。建议对语音使用 11kHz 比率。

图 7.8 "原始"格式

图 7.9 "语音"格式

7.3 添加声音

当我们导入声音时，声音只会在图库中出现，那么如何将声音加入影片呢？声音加入影片的方式往往有 2 种，一种是为帧添加声音，另一种是为按钮添加声音。但无论哪一种都要明确只有关键帧才能被添加声音。如果开始不是关键帧，那么被加载的声音会自动在前面一个关键帧处添加。

7.3.1 为帧添加声音

功能

将声音添加到影片中。

调用方式

- 将图库中的声音文件直接拖放到舞台中。
- 在"属性"面板中的"声音"下拉列表框中选择需要添加的声音文件。

【边学边练 7.2】将音乐"QQ 爱"添加到第 1 帧。

（1）选择图层 1 中的第 1 帧，如图 7.10 所示。

（2）打开"属性"面板，在其中的"声音"下拉列表框中选择声音，如图 7.11 所示。

（3）在第 50 帧处插入普通帧，此时，声音文件波形如图 7.12 所示。

图 7.10 选中第 1 帧

图 7.11 选择声音文件

图 7.12 插入普通帧

7.3.2 为按钮添加声音

功能

将声音添加到按钮中。

调用方式

- 将图库中的声音文件直接拖放到舞台中。
- 在"属性"面板中的"声音"下拉列表框中选择需要添加的声音文件。

【边学边练 7.3】将音乐添加到按钮中。

（1）选择"文件"→"导入"→"导入到舞台"命令，打开"导入"对话框，在"查找范围"下找到所需要声音的位置，如图 7.13 所示。

（2）选中需要导入的音乐文件，单击"打开"按钮，如图 7.14 所示。

（3）此时，打开"库"面板，便可看见声音文件 popo 在图库中，即证明声音文件已经导入进来，如图 7.15 所示。

图 7.13 "导入"对话框

图 7.14　选择声音文件

图 7.15　"库"面板

（4）打开"按钮"元件，进入到其内部，选择图层 1 中的"弹起"帧，如图 7.16 所示。

（5）打开"属性"面板，在其中的"声音"下拉列表框中选择声音文件，如图 7.17 所示。

（6）此时，声音文件波形如图 7.18 所示。

图 7.16　选中"弹起"帧

图 7.17　选择声音

图 7.18 添加声音后的效果

 专家指导 要使按钮的每一个关键帧都关联不同的声音，可以分别为每一个关键帧添加不同的声音图层，并使用不同的声音文件。此外，也可以为按钮的不同关键帧使用相同的声音文件，但为其应用不同的声音效果。

7.4 声音效果的编辑

在对声音进行效果设置时，在声音"效果"下列表框中包括8种声音效果，依次介绍如下。

（1）无：不使用任何声音效果。选择此项将删除以前应用过的效果。

（2）左声道/右声道：仅使用左声道或右声道播放声音。

（3）从左到右淡出/从右到左淡出：在两个声道间进行切换。

（4）淡入/淡出：播放时声音逐渐加大或减小。

（5）自定义：使用"编辑封套"对话框调整左、右声道声音的高低与变化，如图 7.19 所示。

图 7.19 "编辑封套"对话框

以上是对声音的效果种类的选择，同时，在"属性"面板中还可以在"同步"下拉列表框中选择一种同步方式。同步方式下有如下 4 种。

（1）事件：使声音与某个事件同步发生。当动画播放到某个关键帧时，附加到该关键帧的声音开始播放。由于事件声音的播放与动画的时间轴无关，因此，即使动画结束，声音也会完整播放。此外，如果在舞台中添加了多个声音文件，则用户听到的将是最终的混合效果。

（2）开始：与事件方式相同。其区别是，如果当前正在播放该声音文件的其他实例，则在其他声音实例播放结束之前，将不会播放该声音文件实例。简单地说就是开始方式不支持两个相同的声音一起播放。

（3）停止：使指定的声音停止。

（4）数据流：在 Web 站点上播放影片时，使影片和声音同步。如果 Flash 不能快速绘制动画帧，将跳过帧。与事件声音不同，流式声音的播放时间完全取决于它在时间轴中占据的帧数，并且影片停止，流式声音也将停止。

在"属性"面板中还可以使用"声音循环"编辑框来设置声音的循环播放次数。如果要连续播放，可以输入一个较大的数值。但是，由于数据流方式声音的播放时间取决于它在"时间轴"控制面板中所占据的帧数，因此，不要为数据流方式声音设置为"循环"，否则文件的容量将成倍增加。

功能

声音文件在成功导入到动画后，可以依据需要编辑声音效果。

调用方式

- 在"属性"面板中的"效果"下拉列表框中选择效果。
- 使用"编辑封套"对话框。
- 在"属性"面板中的"同步"下拉列表框中选择方式。

【边学边练 7.4】使用"编辑封套"对话框调整声音。

（1）选中声音所在的帧，即第 1 帧，如图 7.20 所示。

（2）在"属性"面板中，单击"编辑"按钮，如图 7.21 所示。

图 7.20　选中第 1 帧

图 7.21　单击"编辑"按钮

（3）此时，弹出"编辑封套"对话框，如图 7.22 所示。

（4）单击"缩小"按钮和"以帧为单位"按钮，此时，波形效果如图 7.23 所示。

图 7.22 "编辑封套"对话框

图 7.23 波形效果

（5）拖动起点指针到合适位置，将前部分声音文件截掉，如图 7.24 所示。

（6）拖动终点指针到合适位置，将后部分声音文件截掉，如图 7.25 所示。

图 7.24 调整起点指针位置

图 7.25   调整终点指针位置

　　（7）通过鼠标在左右声道音量控制线上添加控制点来调控声音的大小。单击 ▶（播放声音）按钮，可以试听编辑后的声音。单击 ■（停止声音）按钮，可以停止播放声音。如果对声音文件的编辑结果满意，就可以单击"确定"按钮完成声音文件的编辑，如图 7.26 所示。

图 7.26   调节音量

7.5　视　频　文　件

　　Flash CS3 支持导入的视频格式包括：MPEG（运动图像专家组）、DV（数字视频）、MOV（QuickTime 电影）和 AVI 等。如果系统安装了 QuickTime4 或更高版本，在 Windows 和 Macintosh 平台就可以导入这些格式的视频。如果 Windows 系统只安装了 DirectX 7（或更高版本），没有安装 QuickTime，则只能导入 MPEG、AVI 和 Windows 媒体文件（.wmv 和.asf）文件。一般情况下，可以使用视频转换软件将要导入的视频格式转换为 FLV 格式，然后再导入到 Flash 中。

功能

　　在 Flash 中播放视频文件。

调用方式

● 通过选择"文件"→"导入"→"导入到库"（或者"导入到舞台"）命令将其导入
到 Flash 文档中。

【边学边练 7.5】导入射雕英雄传片头。

（1）选择"文件"→"导入"→"导入到库"（或者"导入到舞台"）命令，打开"导入
到库"对话框，在"查找范围"下找到所需要视频的位置，如图 7.27 所示。

（2）选中需要导入的视频文件，单击"打开"按钮，如图 7.28 所示。

图 7.27　"导入到库"对话框

图 7.28　选中视频文件

（3）弹出"导入视频"对话框，在此对话框中单击"下一个"按钮，如图 7.29 所示。

（4）继续弹出一个"导入视频"对话框，在此对话框中选择"在 SWF 中嵌入视频并在
时间轴上播放"单选按钮。然后单击"下一个"按钮，如图 7.30 所示。

（5）在"导入视频"对话框，选择"将实例放置在舞台上"和"如果需要，可扩展时间

轴"复选框及"嵌入整个视频"单选按钮。然后单击"下一个"按钮，如图 7.31 所示。

图 7.29　"导入视频"对话框

图 7.30　选择部署方式

图 7.31 设置嵌入方式

（6）单击"下一个"按钮后，再单击"完成"按钮，出现如图 7.32 所示对话框。

（7）导入过程处理完成后，在舞台上便出现导入的视频文件。效果如图 7.33 所示。

图 7.32 "正在处理"对话框

图 7.33 导入后的效果

7.6 实训项目——导入音乐 QQ 爱并进行编辑

【实训目的】

练习声音文件的导入及编辑操作。

【上机准备】

（1）熟练掌握声音文件的导入操作。

（2）掌握声音文件的压缩操作。

（3）掌握声音文件的编辑操作。

【上机操作】

最终的效果图如图 7.34 所示。

图 7.34　效果图

具体操作步骤如下。

（1）选择"文件"→"导入"→"导入到舞台"命令，打开"导入"对话框，在"查找范围"下找到所需要声音的位置，如图 7.35 所示。选中声音文件，单击"打开"按钮即可将声音文件导入到"库"面板中。

图 7.35　导入声音

（2）选中场景中图层 1 的第 1 帧，打开"属性"面板，在"声音"下拉列表框中选择要添加的声音，如图 7.36 所示。

（3）双击"库"面板中的声波图，打开"声音属性"对话框，在其中设置声音文件的压缩格式为 MP3 格式，如图 7.37 所示。

图 7.36　添加声音

图 7.37　设置压缩格式

（4）选中放置声音的帧，打开"属性"面板，在"同步"后选择同步方式为"数据流"，如图 7.38 所示。

（5）单击"效果"后的"编辑"按钮，打开"编辑封套"对话框，在其中拖动起点指针到所需要的位置，将前部分截掉。效果如图 7.39 所示。

图 7.38　设置同步方式

图 7.39　调整起点指针

（6）同时，拖动终点指针到所需要的位置，将后面不需要的部分截掉。效果如图 7.40 所示。

（7）单击 ▶（播放声音）按钮，可以试听编辑后的声音。单击 ■（停止声音）按钮，可以停止播放声音。如果对声音文件的编辑结果满意，就可以单击"确定"按钮完成声音文件的编辑，如图 7.41 所示。

图 7.40　调整终点指针

图 7.41　完成声音的编辑

7.7 习　题

1. 选择题

（1）不能向 Flash 中导入的声音格式为（　　　）。

　　A. WAV　　　　　B. MOV　　　　　C. MP3　　　　D. RM

（2）在以下选项中，声音封套不能完成的操作有（　　　）。

　　A. 改变声音大小

　　B. 改变声音播放时间长短

　　C. 同时控制左右声道

　　D. 改变声音格式

（3）在给声音文件进行压缩时，可以使用 ADPCM 格式、语音格式、原始格式、默认格式、无格式和（　　　）。

　　A. MP3　　　　　B. WAV　　　　　C. WAM　　　　D. MOV

（4）在导出较长的流式声音时，最好采用（　　　）格式。

　　A. ADPCM　　　　B. 语音　　　　　C. WAV　　　　D. MP3

（5）在为按钮添加声音时，最多可以添加（　　　）声音。

　　A. 1 个　　　　B. 2 个　　　　C. 3 个　　　　D. 4 个

2. 填空题

（1）Flash CS3 中声音的同步可以分为＿＿＿＿、＿＿＿＿、＿＿＿＿和＿＿＿＿。

（2）在 Flash CS3 中声音有＿＿＿＿和＿＿＿＿。

（3）在 Flash CS3 中声音都被保存在＿＿＿＿中。

（4）要在动画中应用声音，应该首先＿＿＿＿，然后＿＿＿＿。

（5）导出较短的声音文件时，压缩格式最好使用＿＿＿＿格式。

3. 上机操作题

（1）制作声音按钮，设计效果如图 7.42 所示。

图 7.42　声音按钮

（2）制作轰炸机，其中包括炸弹爆炸时的声音及水流声，设计效果如图 7.43 所示。

图 7.43 轰炸机

（3）插入"铁血丹心"视频，设计效果如图 7.44 所示。

图 7.44 视频

第 8 章

创建交互动画

本章知识点概述

在 Flash CS3 中，利用动作脚本语言可为影片增加交互性，创建动画特效，以及对动画进行更灵活的控制。

本章所含知识点

- ➢ "动作"面板的使用
- ➢ ActionScript 语法
- ➢ 数据类型
- ➢ 变量与运算符
- ➢ 添加 ActionScript 的对象
- ➢ 简单 ActionScript 的应用

知识重点

- ➢ "动作"面板的使用
- ➢ 添加 ActionScript 的对象
- ➢ 简单 ActionScript 的应用

知识难点

- ➢ "动作"面板的使用
- ➢ ActionScript 的应用

8.1 ActionScript 简介

ActionScript 是 Flash 的脚本语言。正是由于 Flash 中增加、完善了 ActionScript，它创作出来的动画才能具有很强的交互性。在简单的动画中，Flash 按顺序播放动画中的场景和帧，而在交互动画中，用户可以使用键盘或鼠标与动画交互，大大增强了用户的参与，同时也大大增强了 Flash 动画的魅力。例如，可以单击动画中的按钮，使动画跳转到不同部分继续播放；可以移动动画中的对象，如移动手中的手枪，使射出的子弹准确地击中目标；可以在表单中输入信息，反馈对公司的意见等。

有了 ActionScript，就可以通过设置动作来创建交互动画。使用 Normal Mode "动作" 面板上的控件，无须编写任何动作脚本就可以插入动作。如果已经熟悉 ActionScript，也可以使用专家模式 "动作" 面板编写脚本。命令的形式可以是一个动作（如命令动画停止播放），也可以是一系列动作。很多动作的设置只要求有少量的编程经验，而其他一些动作的应用则要求比较熟悉编程语言，一般用于高级开发。

ActionScript 同样拥有语法、变量、函数等，而且与 JavaScript 类似，它也由许多行语句代码组成，每行语句又是一些命令、运算符、分号等组成。它的结构与 C、C++或者 Java 等高级编程语言相似。所以，对于有高级编程经验的人来说，学习 ActionScript 是很轻松的。

ActionScript 与 JavaScript 结构类似，但是它的编程要容易得多，每一行的代码都可以简单地从 ActionScript 面板中直接调用。在任何时候，对输入的 ActionScript 代码，Flash 都会检查语法是否正确，并提示如何修改。完成一个动画的 ActionScript 编程后，可以直接在 ActionScript 的调试过程中，检查每一个变量的赋值过程，设置检查带宽的使用情况。

ActionScript 更容易使编程学习者理解面向对象编程中难以理解的对象、属性、方法等名词。

ActionScript 中的对象可以包含数据或作为电影剪辑以图像形式出现在编辑区中。所有的电影剪辑都是预定义类 MovicClip 的实例。每个电影剪辑实例均包含 MovicClip 类的所有属性（如 _height、_rotation、_totaframes）的所有方法（如 gotoAndPlay()、loadMovie()、startDrag()）。

8.2 "动作" 面板的使用

Flash 中的 "动作" 面板如图 8.1 所示。

功能

用于创建 ActionScript 代码。

"动作" 面板中各选项的功能如表 8.1 所示。

图 8.1　"动作"面板

表 8.1　"动作"面板各选项功能

名称	图标	功能
"动作"工具箱		提供用于创建动作相应的 ActionScript 脚本语言
脚本导航器		用于游览 FLA 文件以查找动作脚本代码
"脚本"窗格		显示当前正在编辑的 ActionScript 动作脚本
显示添加动作的对象		用于显示添加 ActionScript 脚本语言的对象
状态栏		用于显示现在正在编辑哪一条语句
将新项目添加到脚本中	⊕	与"动作"工具箱的功能一样，为动画对象或帧添加动作命令
查找	⚲	查找与输入字符串匹配的 ActionScript 语句
插入目标路径	⊕	可以选择相应的影片剪辑元件实例名称添加到当前语句中
语法检查	✓	可以检测当前 ActionScript 语句有没有语法错误
自动套用格式	☰	将当前 ActionScript 语句转换为 Flash 的标准语法结构
显示代码提示	⟨	为当前正在编写 ActionScript 语句添加提示信息
调试选项	⁑	可设置调试断点
折叠成对大括号	⟨⟩	将成对大括号中内容折叠成整体
折叠所选	⟩⟨	将所选内容折叠成整体
展开全部	⟨⟩	将折叠内容展开
应用块注释	⟨⟩	注释所选内容
应用行注释	⟨⟩	注释所选行
删除注释	⟨⟩	删除注释
显示/隐藏工具箱	⊞	显示或者隐藏工具箱

调用方式

- 通过选择"窗口"→"动作"命令显示或隐藏"动作"面板。
- 使用 F9 快捷键。

8.3　ActionScript 语法

与任何语言一样，动作脚本也具有一定的语法规则才能创建可正确编译和运行的脚本。

1. 区分大小写

在 Flash CS3 中，所有关键字、类名、变量、方法名等区分大小写。例如，book 和 Book 被视为不相同的概念。此外，外部脚本（例如，用 # include 命令导入的动作脚本 2.0 类文件或脚本）也区分大小写。

2. 点语法

在动作脚本中，点（.）用于指示与对象或影片剪辑相关的属性和方法，它还用于标识影片剪辑、变量、函数或对象的目标路径。点语法表达式以对象或影片剪辑的名称开头，后面跟着一个点，最后以要指定的元素结尾。

例如，_X 影片剪辑属性指示影片剪辑在舞台上的 X 位置，表达式 ballMC._X 引用影片剪辑实例 ballMC 的_X 属性，ballMC.play()引用影片剪辑实例的 play()方法（移动播放头）。又如，submit 是 from 影片剪辑实例设置的变量，此影片剪辑嵌在影片剪辑 shoppingCart 中，表达式 shoppingCart. from.submit＝true 表示将实例 from 的 submit 变量设置为 true。

点语法还使用两个特殊别名：_root 和_parent。别名_root 是指主时间轴，用户可以使用_root 别名创建一个绝对目标路径。例如，下面的语句调用主时间轴上影片剪辑 functions 中的函数 buildGameBoard()。

```
_root.functions. buildGameBoard();
```

用户可以使用别名_parent 引用当前对象嵌入到的影片剪辑，也可以使用_parent 创建相对目标路径。例如，如果影片剪辑 dog_mc 嵌入影片剪辑 animal_mc 的内部，则实例 dog_mc 的如下语句会指示 animal_mc 停止。

```
_parent.stop();
```

3. 大括号、分号、小括号

（1）大括号

动作脚本事件处理函数、类定义和函数用大括号（{}）组合在一起形成块，如下面的示例所示：

```
//事件处理函数
on(release)
{
myDate=newDate();
currentMonth=myDate.getMonth();
}
```

（2）分号

动作脚本语句以分号（;）结束，如以下示例所示：

```
Var column=passedDate.getDay();
Var row=0;
```

如果省略了结束分号，Flash 仍然能够成功地编译脚本。但是，使用分号是一个很好脚本习惯。

（3）小括号（简称括号）

在定义函数时，要将所有参数都放在小括号中，如以下示例所示：

```
Function myFunction(name,age,reader)
{
//此处是你的代码
}
```

调用函数时，要将传递给该函数都放在小括号中，如以下示例所示：

```
myFunction("steve",10,true);
```

也可以使用括号改写动作脚本的优先顺序或增强动作脚本语句的易读性，如下例所示：

```
total=(2+4)*3;
```

也可以使用括号计算点语法中点左侧的表达式。例如，在下面的语句中，括号会使 newColor(this)计算并创建 Color 一个对象。

```
onClipEvent(enterFrame)
{
(new Color(this)).setRGB(0xffffff);
}
```

如果不使用括号，则必须添加一个语句来计算以上表达式：

```
onCliEvent(enterFrame)
{
myColor=new Color(this);
myColor setRGB(0xffffff);
}
```

4. 注释

通过在脚本中添加注释，将有助于理解用户关注的内容，以及向其他开发人员提供信息。要指明某一行或一行的某一部分是注释，可在该注释前加两个斜杆（//），如下例所示：

```
on(relese)
{
//创建新的 Date 对象
myDate=new Date();
currentMonth=myDate.getMonth();
```

```
//将分份数转换为月份名称
monthName=calcMonth(currentMonth);
year= myDate.getFullYear();
currentDate=myDate.getDate();
}
```

如果要"注释掉"脚本的某个部分，可将其放在注释块中，而不是在每行开头添加//。为此，应在命令行开头添加 / ＊，在末尾添加 ＊ /，如下例所示：

```
//运行以下代码
Var x:Number=15;
Var y:Number=20;
//不运行以下代码
/*
on(relese)
{
//创建新的 Date 对象
myDate=new Date();
currentMonth=myDate.getMonth();
//将分份数转换为月份名称
monthName=calcMonth(currentMonth);
year= myDate.getFullYear();
currentDate=myDate.getDate();
}
*/
//运行以下代码
Var name:string="my name is";
Var age :Number=20;
```

5. 关键字

动作脚本保留一些单词用于该语言中特定用途，因此不能将它们用作标识符。例如，变量、函数或标签名称。表 8.2 列出了所有动作脚本关键字。

表 8.2　动作脚本关键字

Break	case	class	continue
Default	delete	dynamic	else
Extends	for	function	get
If	implements	import	in
Instanceof	interface	intrinsic	new
Private	public	return	set
Static	switch	this	typeof
Var	void	while	with

6. 常数

常数的值具有始终不变的属性。例如，常数 Backspace、Enter、Quote、Return、Space 和 Tab 是 Key 对象的属性，指代键盘的按键。若要测试用户是否按下了 Enter 键，可以使用下面的语句：

```
If(Key.get.Code()==Key.Eeter)
{
Alert="Are you ready to play ";
controlMC.gotAndStop(5);
}
```

8.4　数　据　类　型

数据类型描述变量或动作脚本元素可以包含的信息的种类。Flash 中内置了两种数据类型：原始数据类型和引用数据类型。原始数据类型是指字符串、数字和布尔值，它们都有一个常数值，因此可以包含它们所代表的元素的实际值。引用数据类型是指影片剪辑和对象，它们的值可能发生更改，因此它们包含对该元素的实际值的引用。包含原始数据类型的变量与包含引用类型的变量在某些情况下的行为是不同的。还有两类特殊的数据类型：空值和未定义。在 Flash 中，任何不属于原始数据类型或影片剪辑数据类型的内置对象（如 Array 或 Math）均属于对象数据类型。

1. 字符串

字符串是诸如字母、数字和标点符号等字符的序列。在动作脚本语句中输入字符串的方式是将其放在单引号或双引号之间。字符串被当作字符，而不是变量进行处理。例如，在下面的语句中，L7 是一个字符串。

```
favoriteBand="L7";
```

可以使用加法（+）运算符连接或合并两个字符串。动作脚本将字符串前面或后面的空格作为该字符串的文本部分。在下面的表达式中，逗号后有一个空格。

```
greeting="Welcome,"+firstName;
```

若要在字符串中包括引号，请在它前面放置一个反斜杠字符（\）。这就是所谓的将字符转义。在动作脚本中，还有一些只能用特殊的转义序列才能表示的字符。表 8.3 提供了所有动作脚本转义符。

表 8.3　动作脚本转义符

转义序列	字符	转义序列	字符
\b	退格符（ASCII 8）	\f	换页符（ASCII 12）
\n	换行符（ASCII 10）	\r	回车符（ASCII 13）

（续表）

转义序列	字符	转义序列	字符
\t	制表符（ASCII 9）	\"	双引号
\'	单引号	\\	反斜杠
\000-\377	以八进制指定的字节	\x00-\xFF	以十六进制指定的字节
\u0000-\uFFFF	以十六进制指定的 16Unicode 字符		

2. 数字

数字数据类型是双精度浮点数，用户可以使用加（+）、减（−）、乘（×）、除（/）、求模（%）、递增（++）和递减（—）等运算符来处理数字，也可以使用内置的 Math 和 Number 类的方法来处理数字。下面的代码使用 sqrt() 方法返回数字 100 的平方根。

```
Math.sqrt(100);
```

3. 布尔值

在动作脚本中，布尔值经常与逻辑运算符或比较运算符一起使用，以控制程序流程。例如，在下面的动作脚本中，如果变量 password 为 true，则会播放该 SWF 文件。

```
onClipEvent(enterFrame)
{
  If(userName==true&&password==true)
{
play();
}
}
```

4. 对象

对象是属性和方法的集合。每个属性都有名称和值，属性值可以是任何的 Flash 数据类型，甚至可以是对象数据类型，从而使对象相互包含（即将其嵌套）。要指定对象及其属性，可以使用点（.）运算符。例如，在下面的代码中，hoursWorked 是 weeklyStats 的属性，而后者是 employee 的属性。

```
employee.weeklyStats.hoursWorked
```

此外，可以使用内置对象来访问和处理特定种类的信息。例如，Math 对象具有一些方法，这些方法可以对传递给它们的数字执行数学运算，如下所示：

```
squareRoot=Math.sqrt(100); //将 100 的平方根赋值给变量 squareRoot
```

5. 影片剪辑

影片剪辑是 Flash 应用程序中可以播放动画的元件，它是唯一引用图形元素的数据。MovieClip 数据类型允许用户使用 MovieClip 类的方法控制影片剪辑元件。可以使用点（.）

运算符调用这些方法，如下所示：

```
mcInstanceName.play();          //插入影片剪辑
mc2InstanceName.nextFrame;      //播放下一帧
my_mc.startDrag(true);          //允许拖动影片剪辑
```

6. Null

空值数据类型只有一个值，即 Null。此值意味着"没有值"，即缺少数据。Null 值可以用在以下各种情况中：

① 指示变量尚未接收到值。

② 指示变量不再包含值。

③ 作为函数的返回值，指示函数没有可以返回的值。

④ 作为函数的参数，指示省略了一个参数。

7. Undefined

未定义的数据类型有一个值，即 Undefined，它用于尚未分配值的变量。

8.5 变量与运算符

8.5.1 变量

变量是包含信息的容器。容器本身始终不变，但内容可以更改。通过在 SWF 文件播放时更改变量的值，可以记录和保存用户操作的信息，记录 SWF 文件播放时更改的值，或者计算某个条件是 true 还是 false。

当首次定义变量时，最好为该变量指定一个已知值，这就是所谓的初始化变量，而且通常在 SWF 文件的第一帧中完成。初始化变量有助于在播放 SWF 文件时跟踪和比较变量的值。

变量可以包含任何类型的数据。变量中可以存储的常见类型包括 URL、用户名、数学运算结果、事件发生次数，以及是否单击了某个按钮等。每个 SWF 文件和影片剪辑实例都有一组变量，每个变量都有其各自的值，与其他 SWF 文件或影片剪辑中的变量无关。要测试变量的值，可以使用 trace()动作向"输出"面板发送值。例如，trace（hoursWorked）会在测试模式下将变量 hoursWorked 的值发送给"输出"面板。也可在测试模式下，在调试器中检查和设置变量值。

1. 命名变量

变量名称必须遵守下面的规则：

* 它必须是标识符。
* 它不能是关键字或动作脚本文本，例如，true、false、Null 或 Undefined。
* 它在其范围内必须是惟一的。

此外，不应将动作脚本语言中的任何元素用作变量名称，否则可能会导致语法错误或意外的结果。例如，如果将一个变量命名为 string，然后尝试使用 new string()创建一个 string 对象，则这个新对象是未定义的。

动作脚本编辑器支持内置类和基于这些类的变量的代码提示。如果需要 Flash 为指定给变量的特定对象类型提供代码提示，则可以精确输入变量或使用特定的后缀为该变量命名。例如，假设输入以下代码：

```
Var members:Array();
members;
```

只要一输入句点（.），Flash 就会显示可用于 Array 对象的方法和属性的列表。

2. 确定变量的范围和声明变量

变量的范围是指变量在其中已知并且可以引用的区域。在动作脚本中有 3 种类型的变量范围。

- 本地变量在声明它们的函数体（由大括号界定）可用。
- 时间轴变量可用于该时间轴上的任何脚本。
- 全局变量和函数对于文档中的每个时间轴和范围均可见。

（1）本地变量

要声明本地变量，可在函数体内部使用 Var 语句。本地变量的使用范围只限于它的代码块，它会在该代码块结束时到期。

例如，变量 i 和 j 经常用作循环计数器。在下面的示例中，i 用作本地变量，它只存在于函数 makeDays()的内部。

```
Function makeDays()
{
Var I ;
For (i=0;<monthArray[month];i++);
{
_root.Days.attachMovie("DayDisplay",I,i+2000);
_root.Days[i].num=i+1;
_root.Days[i].-x=column*-root.Days[i].-width;
_root.Days[i].-y=row*-root.Days[i]-height;
column=column+1;
If(column==7)
{
column=0;
row=row+1
}
}
}
```

本地变量也可防止出现名称冲突，名称冲突可能会导致应用程序出现错误。例如，如果使用 name 作为本地变量，则可以使用它在一个上下文中存储用户名，而在另一个上下文中存储影片剪辑实例名称。因为这些变量是在不同的范围中运行的，所以它们不会有冲突。

在函数中使用本地变量是一个很好的习惯，这样该函数就可以充当独立的代码。本地变量只有在它自己的代码块中才是可更改的。如果函数中的表达式使用全局变量，则在该函数以外也可以更改它的值，这样也更改了该函数。

可以在定义本地变量时为其指定数据类型，这有助于防止将类型错误的数据赋给现有的变量。

（2）时间轴变量

时间轴变量可用于该时间轴中的所有帧上。若要都初始化这些变量，应确保首先初始化变量，然后尝试在脚本中访问它。例如，如果将代码"Var X=10;"放置在第 20 帧上，则附加到第 20 帧之前的任何帧上的脚本都无法访问该变量。

（3）全局变量

全局变量和函数对于文档中的每个时间轴和范围而言都是可见的。若要创建具有全局范围的变量，应在变量名称前使用_global 标识符，并且不使用"Var=语法"。例如，以下代码创建全局变量 myName：

```
Var-global.myName="George";//语法错误-global.myName="George";
```

但是，如果使用与全局变量相同的名称初始化一个本地变量，则在处于该本地变量的范围内时对该全局变量不具有访问权限：

```
_global.counter=100;
counter++;
Trace(counter);//显示 101
Function count()
{
For(Var counter=0;counter++)
{
Trace(counter);//显示 0 到 10
}
}
count();
counter++;
Trace(counter);//显示 102
```

3. 在程序中使用变量

必须在脚本中声明变量，然后才能在表达式中使用它。如果使用未声明的变量（如下面示例所示），该变量的值将是 NaN 或 Undefined，并且脚本可能产生意外的结果。

```
Var squared=x*x;
Trace(squared);//NaN
Var x=6;
```

在下面的示例中，声明变量 x 的语句必须排在第一，这样 squared 就可以替换为一个值。

```
Var x=6;
Var squared=x*x;
```

```
Trace(squared); //36
```

当用户将未定义的变量传递给方法或函数时，将出现类似的行为。

```
GetURL(myWebSite);//无动作
Var myWebSite="http://www.macromedia.com";
GetURL(myWebSite);//浏览器显示www.macromedia.com
```

在一个脚本中，可以多次更改变量的值。变量包含的数据类型会影响如何以及何时更改变量，原始数据类型（例如字符串和数字）是按值进行传递的，这意味着变量的实际内容会传递给变量。

在下面的示例中，x 设置为 15，该值会复制到 y 中。在第三行中将 x 的值更改为 30 后，y 的值仍然为 15，这是因为 y 并不会参照 x 来改变它的值，它的值为在第二行中接收到的 x 的值。

```
Var x=15;
Var y=x;
Var x=30;
```

又例如，变量 inValue 包含一个原始值 3，因此实际的值会传递给 sprt()函数，而返回值为 9。

```
Function sprt(x)
{
Return x*x;
}
Var inValue=3
Var out=sqrt(inValue);
```

变量 inValue 的值不会更改。

对象数据类型可以包含大量复杂的信息，所以属于此类型的变量并不包含实际的值，它包含的是对值的引用。这种引用类似于指向变量内容的别名，当变量需要知道它的值时，该引用会查询内容，然后返回答案，而无须将该值传递给变量。

下面是按引用进行传递的实例：

```
Var myArray=["tom","josie"];
Var newArray=myArray;
myArray [1]="jack";
Trace(newArray);
```

上面的代码创建了一个名为 myArray 的数组对象，它包含两个元素，然后创建了变量 newArray，并向它传递了对 myArray 的引用。当 myArray 的第二个元素变化时，它将影响引用它的每个变量。Trace()动作会向"输出"面板发送 tom 和 jack。

在下面的示例中，myArray 包含一个数组对象，因此它会按引用传递给函数 zeroArray()，函数 zeroArray()会更改 myArray 中的数组的内容。

```
Function zeroArray (theArray)
```

```
{
Var I;
For(i=0;i< theArray.;length;i++)
{
theArray[i]=0;
}
}
Var myArray=newArray();
myArray[0]=1;
myArray[1]=2;
myArray[2]=3;
zeroArray(myArray);
```

函数 zeroArray()会将数组对象作为参数来接受，并将该数组的所有元素设置为 0。因为该数组是按引用进行传递的，所以该函数可以修改它。

8.5.2 运算符

运算符是指定如何组合、比较或修改表达式的值的字符。运算符对其执行运算的元素称为操作数。例如，数学表达式使用数值运算符操作使用的值。运算符包括+、<、×和=。表达式由运算符和操作数组成，是代表值的 ActionScript 元件的任意合法组合。操作数是代码中运算符对其执行动作的那部分内容。例如，在表达式 x+2 中，x 和 2 是操作数，而 + 是运算符。

1. 数值运算符

在 ActionScript 中，可以使用数值运算符来对值进行加、减、乘、除运算。可以执行不同种类的算术运算。最常见的一种运算符是递增运算符，其常见形式为 i++。可以在操作数前面或后面添加递增运算符。在下面的示例中，age 首先递增，然后再与数字 30 进行比较。

```
If(++age>=30)
```

在下面的示例中，age 在执行比较之后递增。

```
If(age++>=30)
```

表 8.4 列出了动作脚本数值运算符。

表 8.4 数值运算符

运算符	执行的运算	运算符	执行的运算
+	加法	%	求模
−	减法	++	递增
×	乘法	—	递减
		除法		

2. 关系运算符

关系运算符有两个操作数，它比较两个操作数的值，然后返回一个布尔值。这些运算符最常用于循环语句中。在下面的示例中，如果变量 score 为 100，则加载特定的 SWF 文件，否则加载另外一个 SWF 文件。

```
If(score>100)
{
loadMovieNum("winner.swf",5);
}
else
{
loadMovieNum("loser.swf",5);
}
```

表 8.5 列出了动作脚本关系运算符。

表 8.5　关系运算符

运算符	执行的运算	运算符	执行的运算
>	大于	<	小于
>=	大于或等于	<=	小于或等于

3. 字符串运算符

"+"运算符在处理字符串时会有特殊效果，它会将两个字符串操作数连接起来。例如，下面的语句会将"Good"连接到"morning"。

```
"Good"+" morning";
```

结果是"Good morning"。如果"+"运算符的操作数只有一个是字符串，则 Flash 会将另一个操作数转换为字符串。

4. 逻辑运算符

逻辑运算符对布尔值进行比较，然后返回第三个布尔值。例如，如果两个操作数都为 true，则逻辑"与"运算符将返回 true。如果其中一个或两个操作数为 true，则逻辑"或"运算符将返回 true。逻辑运算符通常与关系运算符结合使用，以确定 If 语句的条件。例如，在下面的动作脚本中，如果两个表达式都为 true，则将执行 If 语句。

```
If(i>10&&_framesloaded>50)   play();
```

表 8.6 列出了动作脚本逻辑运算符。

表 8.6　逻辑运算符

运算符	执行的运算	运算符	执行的运算	运算符	执行的运算
&&	逻辑"与"	//	逻辑"或"	!	逻辑"非"

5. 按位运算符

按位运算符在内部处理浮点数，它会将操作数转换为 32 位整型。执行的确切运算取决于运算符，但是所有的按位运算都会分别计算 32 位整型的每个二进制位，从而计算新的值。

表 8.7 列出了动作脚本按位运算符。

表 8.7　按位运算符

运算符	执行的运算	运算符	执行的运算
&	按位"与"	^	按位"异或"
		按位"或"	~	按位"非"
<<	左位移	>>>	右移位填零
>>	右位移		

6. 等于运算符

可以使用等于运算符确定两个操作数的值或标识是否相等。这一比较运算会返回一个布尔值。如果操作数为字符串、数字或布尔值，它们会按照值进行比较。如果操作数为对象或数组，它们将按照引用进行比较。例如，下面的代码会将 x 与 2 进行比较：

```
If(x==2)
```

严格等于运算符与等于运算符相似，但是有一个很重要的差异：严格等于运算符不执行类型转换。如果两个基本操作数属于不同的类型，严格等于运算符会返回 false。严格不等于运算符会返回严格等于运算符的相反值。

表 8.8 列出了动作脚本等于运算符。

表 8.8　等于运算符

运算符	执行的运算	运算符	执行的运算
==	等于	===	严格等于
!=	不等于	!==	严格不等于

7. 赋值运算符

可以使用赋值运算符为变量赋值，如下例所示：

```
Var password=:"hexiao";
```

还可以使用赋值运算符给同一表达式中的多个变量赋值。在下面的语句中，a 的值会被赋予变量 b、c、d。

```
a=b=c=d;
```

也可以使用复合赋值运算符联合多个运算：复合运算符可以对两个操作数都进行运算，然后将新值赋予第一个操作数。例如，下面两个语句是等效的。

```
X+=15;
X=x+15;
```

赋值运算符也可以用在表达式的中间。

表 8.9 列出了动作脚本赋值运算符。

表 8.9　赋值运算符

运算符	执行的运算	运算符	执行的运算	运算符	执行的运算
=	赋值	%=	求模并赋值	>>>=	右移位填零并赋值
+=	相加并赋值	/=	相除赋值	^=	按位"异或"并赋值
-=	相减赋值	<<=	按位左移位并赋值	|=	按位"或"并赋值
×=	相乘赋值	>>=	按位右移位并赋值	&=	按位"与"并赋值

8. 点运算符和数组访问运算符

可以使用点运算符（.）和数组访问运算符（[]）来访问内置或自定义的 ActionScript 属性。点运算符用于将一个对象中的特定的目标索引设定为目标。例如，如果有一个包含某些用户信息的对象，则可以在数组访问运算符中指定一个特定的键名来检索用户的姓名，如下面的 ActionScript 所示：

```
Var someUser:Object={name:"Hal", id:2001};
Trace("User's name is: " + someUser["name"]); // 用户的姓名是：Hal
Trace("User's id is: " + someUser["id"]); // 用户的 ID 是：2001
```

例如，下面的 ActionScript 使用点运算符设置对象内特定的属性：

```
myTextField.border=true;
year.month.day=9;
myTextField.text="My text";
```

点运算符和数组访问运算符非常类似。点运算符将标识符作为其属性，而数组访问运算符则会将其内容计算为名称，然后访问已命名属性的值。数组访问运算符能够动态地设置和检索实例名称和变量。

8.6　给 Flash 添加 ActionScript

在 Flash 中能够添加 ActionScript 的只有 3 个对象：关键帧、按钮和影片剪辑。其他地方是不可以添加动作脚本的，否则会引起 Flash 出错。下面就具体地介绍怎样为这 3 个对象添加代码。

8.6.1　给关键帧添加代码

能够添加代码的可以是有对象的关键帧也可以是空白关键帧。

功能

加载关键帧时即可运行控制代码。

调用方式

- 在时间轴中选中要添加代码的关键帧或空白关键帧，然后打开"动作"面板，直接在面板中输入代码即可。

【边学边练 8.1】制作画线动画。

（1）新建 Flash 文档，使用 F9 键打开"动作"面板，如图 8.2 所示。

（2）单击图层 1 的第 1 帧，即关键帧，将它选中，如图 8.3 所示。

图 8.2 "动作"面板

图 8.3 选中第 1 帧

（3）在"动作"面板的"脚本"窗格中输入以下代码。

```
_root.onMouseMove=function()
{                    //侦听鼠标移动
    _root.onMouseDown=function()
{                //侦听鼠标左键按下
        line=true;              //变量为布尔值,并赋值为真
        _root.moveTo(_root._xmouse,_root._ymouse)  //将当前绘画位置移动到鼠标位置
        }
        _root.onMouseUp=function()
{              //侦听鼠标左键释放
        line=false;            //变量为布尔值,并赋值为假
        }
    If(line)
{
```

```
            _root.lineStyle(5,0xff00ff,100,true,"none","round","miter",
            1);  //设置线条属性
             _root.lineTo(_root._xmouse,_root._ymouse);         //绘制线条
                 }
      }
```

专家指导

> 本例用到了侦听，侦听是一种重要的处理事件的方法，其意思是当 Flash 中发生了特定的事件时指示 Flash 做某事。例如，这个例子中鼠标左键按下时侦听如下。

```
_root.onMouseDown=function()
{
    line=true;
    _root.moveTo(_root._xmouse,_root._ymouse)
}
```

就是当使用者按下鼠标左键时，执行语句内的代码，将 line 的值设置为逻辑真，把绘图的位置移动到当前鼠标的位置。

本例还用到了影片剪辑的绘画方法"lineStyle"、"lineTo"和"moveTo"。"lineTo"的用法如下：

```
_root.lineTo(_root._xmouse,_root._ymouse);
```

它表示使用当前线条样式从当前绘画位置向（_root._xmouse,_root._ymouse）绘制线条，当前绘画位置随后被设置为（_root._xmouse,_root._ymouse）。

8.6.2　给按钮添加代码

按钮是实现动画与使用者之间互动的重要媒介。

功能

实现与使用者的交互操作。

调用方式

- 单击舞台中的按钮对象，将它选中，然后打开"动作"面板，在面板中输入代码即可。

【边学边练 8.2】制作按钮控制舞台中的动画效果。

（1）新建一个 Flash 文档，在场景中单击鼠标右键，在弹出的快捷菜单中选择"文档属性"命令，在弹出的"文档属性"对话框中设置文档的背景颜色为"66CCFF"，大小为 500px×400px，然后单击"确定"按钮，如图 8.4 所示。

（2）选择"插入"→"新建元件"命令，打开"创建新元件"对话框，在"创建新元件"对话框中输入名称为"cir"，选择类型为"影片剪辑"，然后单击"确定"按钮，如图 8.5 所示。

（3）在 cir 影片剪辑的编辑区内绘制一个圆。将绘制好的圆选中，打开"对齐"面板，

将圆与中心点水平、垂直居中，如图 8.6 所示。

（4）打开"颜色"面板，将笔触颜色设置为无，填充颜色设置为"放射状"类型，如图 8.7 所示。

图 8.4 "文档属性"对话框

图 8.5 "创建新元件"对话框

图 8.6 "对齐"面板

图 8.7 "颜色"面板

（5）单击"场景 1"，返回到场景中，如图 8.8 所示。

（6）选择"窗口"→"库"命令，打开"库"面板，将"库"面板中的 cir 影片剪辑元件拖放到舞台中，如图 8.9 所示。

图 8.8 单击"场景 1"

图 8.9 "动作"面板

（7）在图层 1 的第 30 帧处插入关键帧，并将第 30 帧处的对象移动到舞台下方，鼠标右键单击第 1 帧到第 30 帧之间的任意一帧，在弹出的快捷菜单中选择"创建补间动画"命令，使舞台上的对象做一个位移运动，如图 8.10 所示。

（8）单击时间轴图层区的"插入图层"按钮，在图层1上方新建图层2，如图8.11所示。

图8.10 创建补间动画

图8.11 新建图层2

（9）选择"窗口"→"公用库"→"按钮"命令，打开公用的按钮库，如图8.12所示。

（10）在打开的公用库中选择"playback rounded"类型中的按钮，将它们拖动到舞台中，放在合适的位置，如图8.13所示。

图8.12 打开公用的按钮库

图8.13 放置按钮

（11）单击工具箱中的文本工具，在"属性"面板中设置文本工具的属性，设置字体为"宋体"、大小16、颜色为0000FF、"加粗"显示，如图8.14所示。

（12）在舞台上单击，在文本框中输入文本"播放"，并将它拖动到播放按钮的上方，如图8.15所示。

（13）同理，分别在其他3个按钮上输入相应的文字说明，如图8.16所示。

图8.14 "属性"面板

图8.15 添加"播放"按钮说明

图8.16 添加按钮说明

（14）将界面设置完成后，单击舞台中"播放"对应的按钮，将它选中，如图 8.17 所示。

（15）选择"窗口"→"动作"命令（或者使用 F9 快捷键），将"动作"面板打开，在"动作"面板的"脚本"窗格中输入语句，如图 8.18 所示。

图 8.17　选中"播放"按钮

```
1  on (release)
2  {
3      play();
4  }
```

图 8.18　输入语句

（16）依照上面的做法，在场景的舞台中选中"暂停"所对应的按钮，在"动作"面板中输入脚本语句，如图 8.19 所示。

```
1  on (release)
2  {
3      stop();
4  }
```

图 8.19　输入语句

（17）同样，在场景的舞台中选中"前一帧"所对应的按钮，在"动作"面板中输入脚本语句，如图 8.20 所示。

```
1  on (release)
2  {
3      prevFrame();
4  }
```

图 8.20　输入语句

（18）同样，在场景的舞台中选中"后一帧"所对应的按钮，在"动作"面板中输入脚本语句，如图 8.21 所示。

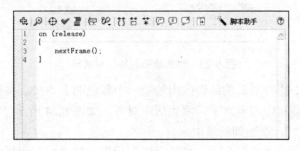

图 8.21　输入语句

至此，本例的制作全部完成，在主菜单中选择"控制"→"测试影片"命令（或使用 Ctrl+Enter 组合键），预览其效果。

8.6.3　给影片剪辑添加代码

给影片剪辑添加代码的方法与给按钮添加代码的方法相同。

功能

实现与使用者的交互操作。

调用方式

* 单击舞台中的影片剪辑对象，将它选中，然后打开"动作"面板，在面板中输入代码即可。

【边学边练 8.3】给影片剪辑添加代码。

（1）新建一个 Flash 文档，在场景中单击鼠标右键，在弹出的快捷菜单中选择"文档属性"命令，在弹出的"文档属性"对话框中设置文档的背景颜色为 66CCFF、大小为 500px×400px。然后单击"确定"按钮，如图 8.22 所示。

（2）选择"插入"→"新建元件"命令，打开"创建新元件"对话框，在"创建新元件"对话框中输入名称为"五角星"，选择类型为"影片剪辑"，然后单击"确定"按钮，如图 8.23 所示。

图 8.22　"文档属性"对话框

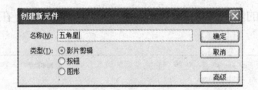

图 8.23　"创建新元件"对话框

（3）在"五角星"影片剪辑的编辑区内绘制一个蓝色的五角星。将绘制好的圆选中，打开"对齐"面板，将圆与中心点水平、垂直居中对齐，如图 8.24 所示。

（4）单击"场景 1"，返回到场景中。

（5）选择"窗口"→"库"命令，打开"库"面板，将"库"面板中的"五角星"影片剪辑元件拖放到舞台中，如图 8.25 所示。

图 8.24　"对齐"面板

图 8.25　放置元件

（6）选择工具箱中的文本工具，然后打开"属性"面板，将文本的类型修改为"动态文本"类型，如图 8.26 所示。

（7）在"五角星"元件实例的上方，拖动鼠标，绘制出一个动态文本框。效果如图 8.27 所示。

（8）单击舞台中的"五角星"元件实例，将它选中，如图 8.28 所示。

图 8.26　"属性"面板

图 8.27　绘制动态文本框

图 8.28　选中"五角星"元件

（9）选择"窗口"→"动作"命令（或者使用 F9 快捷键），将"动作"面板打开，在"动作"面板的"脚本"窗格中输入以下语句：

```
onClipEvent (mouseDown)
{
    _root.showtxt1 = "注意:您按下了鼠标左键! ";
}
onClipEvent (mouseUp)
{
    _root.showtxt1 = "注意:您释放了鼠标左键! ";
}
onClipEvent (mouseMove)
{
    _root.showtxt1 = "注意:您在移动鼠标! ";
}
onClipEvent (enterFrame)
{
    If (Key.isDown(Key.LEFT))
{
        this._x = _x-10;
        _root.showtxt1 = "注意:您按下了左方向键,五角星向左移动! ";
    }
Else If (Key.isDown(Key.RIGHT))
{
        this._x = _x+10;
        _root.showtxt1 = "注意:您按下了右方向键,五角星向右移动! ";
    }
Else If (Key.isDown(Key.DOWN))
{
        this._y = _y+10;
        _root.showtxt1 = "注意:您按下了下方向键,五角星向下移动! ";
    }
Else If (Key.isDown(Key.UP))
{
        this._y = _y-10;
        _root.showtxt1 = "注意:您按下了上方向键,五角星向上移动! ";
    }
}
```

　　至此，本例的制作全部完成，在主菜单中选择“控制”→“测试影片”命令（或使用
Ctrl+Enter 组合键），预览其效果。

专家指导

本例通过对“影片剪辑”元件代码，实现了对舞台中对象的控制。onClipEvent()
是处理“影片剪辑”元件的函数，mouseMove、mouseDown、mouseUp 是影片
剪辑上的鼠标事件，分别表示移动鼠标、按下鼠标、释放鼠标事件。enterFrame
也是“影片剪辑”事件，它表示当前剪辑每次计算机上的内容时都触发该事件。
Key.isDown 是键盘类的方法，其使用方法为 Key.isDown(keycode)。如果输入
keycode 指定的键值则返回 true，否则返回 false。Key.DOWN、Key.UP、
Key.LEFT、Key.RIGHT 分别表示键盘上的 4 个方向键。

8.7 简单 ActionScript 动作的应用

在 Flash CS3 中有一些经常用到的简单的脚本语言，通过它们可以交互性地控制动画的播放等效果。

8.7.1 播放和停止动画

动画一旦开始播放，就将沿着时间轴逐帧播放，当插入到最后一帧后，将跳转到动画的第 1 帧循环播放。在 Flash 中，可以使用命令"play"和"stop"来控制声音在某一帧开始或结束时播放。

播放和停止的动作脚本可以作用于时间轴的关键帧上，也可以用按钮来控制播放或停止。

功能

控制动画的播放或停止。

调用方式

- 通过"动作"面板来编辑脚本中的控制播放或停止的语句。

【边学边练 8.4】控制动画的播放和停止。

（1）新建一个 Flash 文档，使用工具箱中的椭圆工具在场景中绘制一个没有边框线的蓝色的圆，如图 8.29 所示。

（2）单击第 30 帧处，插入空白关键帧，然后在对应的舞台上绘制一个设有边框线的红色五角星，如图 8.30 所示。

图 8.29　绘制圆

图 8.30　绘制五角星

（3）选中第 1 帧到第 30 帧之间的任意 1 帧，打开"属性"面板，在其中的"补间"类型中选择"形状"，如图 8.31 所示。

（4）锁定图层 1，在图层 1 上新建图层 2。打开"公用库"面板中的"按钮"图库，从中拖出 2 个按钮放在图层 2 第 1 帧的舞台上，并用文本工具为每个按钮标识名称，如图 8.32 所示。

图 8.31　"属性"面板

图 8.32　编辑按钮

（5）单击第 1 帧舞台中"播放"对应的按钮，并打开"动作"面板，在"动作"面板的脚本窗格中输入代码，如图 8.33 所示。

（6）单击第 1 帧舞台中"停止"对应的按钮，并打开"动作"面板，在"动作"面板的脚本窗格中输入代码，如图 8.34 所示。

（7）单击图层 2 的第 1 帧，打开"动作"面板，在"动作"面板的脚本窗格中输入代码，如图 8.35 所示，使动画在开始播放时为停止状态。

```
1  on (release)
2  {
3      play();
4  }
```

图 8.33　给"播放"按钮添加代码

```
1  on (release)
2  {
3      stop();
4  }
```

图 8.34　给"停止"按钮添加代码

```
1  stop();
```

图 8.35　给第 1 帧添加代码

专家指导 | 在 Flash 动画中控制动画插入主要是对按钮来进行设置，而 Flash 动画中控制动画停止主要是对按钮和当前关键帧来进行设置，所以上面例子中介绍在关键帧和按钮上编辑脚本语句来控制动画的停止。

8.7.2 跳转到一个帧或动画场景

在动画中，可以通过按钮控制当前动画跳转到某一个帧，或者跳转到动画中的某一个场景。

功能

实现动画的跳转功能。

调用方式

● 通过"动作"面板来编辑脚本中的跳转语句。

【边学边练 8.5】跳转动画。

（1）在场景 1 中制作一个由大变小的运动补间动画，并在第 30 帧处添加脚本的停止语句。在图层 2 中放置控制按钮。效果如图 8.36 所示。

图 8.36　舞台中对象

（2）在场景 2 中制作一个沿曲线运动的引导动画，如图 8.37 所示。

（3）在场景 1 的舞台中选择"跳转"对应的按钮，打开"动作"面板，在其中的"脚本"窗格中输入以下脚本语句：

```
on (release)
{
    gotoAndPlay("场景 2", 3);
}
```

此项命令用于设置动画跳转到场景 2 并开始从场景 2 的第 3 帧开始插入动画。此时，"动作"面板的"脚本"窗格如图 8.38 所示。

图 8.37　引导动画

```
1    on (release)
2    {
3        gotoAndPlay("场景 2", 3);
4    }
```

图 8.38　"代码"窗格

专家指导

在 Flash 动画中，不但可以实现场景之间的跳转，也可以实现场景内的跳转。只要在参数中输入要跳转的帧数或帧标签即可实现场景内的跳转。另外，在 Flash 动画中，可以通过 gotoAndStop 函数来实现动画的跳转并停止播放的功能。

8.7.3　跳转到不同的 URL

在动画中，可以通过按钮控制当前动画跳转到某一个帧，或者跳转到动画中的某一个场景。

功能

实现与网络的链接。

调用方式

- 为文字添加链接，可以在文本的"属性"面板中输入链接网址。
- 为按钮添加链接，则在"动作"面板中编辑脚本语句。

【边学边练 8.6】跳转到 URL。

（1）使用工具箱中的文本工具，在舞台中输入文本"hao123 网"。然后选中文本框，在"属性"面板中编辑所要链接的网址，即可完成文本的超链接，如图 8.39 所示。

（2）选择"插入"→"新建元件"命令，打开"创建新元件"对话框，在此对话框中输入元件名称"网址"，选择元件类型为"按钮"，单击"确定"按钮完成设置，如图 8.40 所示。

（3）在"网址"按钮元件内部，将图层 1 重新命名为"形状"。使用矩形工具绘制一个圆角矩形，并在按下帧处插入普通帧，如图 8.41 所示。

图 8.39　"属性"面板

图 8.40　"创建新元件"对话框

图 8.41　绘制圆角矩形

（4）在"形状"图层上新建一个图层，并重命名为"文字"。在"文字"图层的弹起帧中，利用文本工具输入文本"百度网"。效果如图 8.42 所示。

（5）返回到场景 1 中，将图库中的"网址"元件拖放到舞台中，并将此元件实例选中。打开"动作"面板，在其中输入代码，如图 8.43 所示。

图 8.42　编辑文本

图 8.43　输入代码

专家指导

在 Flash 动画中，实现跳转到不同的 URL 时使用了"getURL"命令，此命令用于建立 Web 面页的链接。getURL 的使用方法为 getURL（URL,窗口,方法）。其中，URL 是用来获得文档的统一定位资源，它必须是在动画保留位置的统一定位子域资源；"窗口"设置所要链接的网页打开的方法，有 4 种选项：_self 指在当前浏览器打开链接，_blank 指在新窗口打开网页，_parent 指在当前位置的上一级浏览器窗口打开链接，_top 指在当前浏览器上方新开链接；"方法"指定参数的传输方式，对于正常链接使用默认值即可。

8.7.4　控制 Flash 播放器

功能

可以使用函数 fscommand 来控制 Flash 持续独立地播放。

fscommand 子函数主要是针对 Flash 独立的播放器的命令，它包含 6 个命令，如表 8.10 所示。

表 8.10　fscommand 函数的 6 个命令

命令	参数	目的
fullscreen	true 或 false	指定 true 将 Flash Player 设置为全屏模式,指定 false 使播放器返回标准菜单视图
allowscale	true 或 false	指定 false 设置播放器始终按 SWF 文件的原始大小绘制 SWF 文件，从不进行缩放，指定 true 强制 SWF 文件缩放到播放器的 100%大小
showmenu	true 或 false	指定 true 启用整个上下文菜单项集合，指定 false 使除"设置"和"关于 Flash Player"外的所有上下文菜单项变暗
exec	指向应用程序的路径	在投影仪内执行
quit	无	关闭播放器

调用方式

* 在"动作"面板中编辑 fscommand 命令。

【边学边练 8.7】控制 Flash 播放器。

打开"跳转动画"，在场景 1 的第 1 帧处添加如下控制语句，如图 8.44 所示。

```
fscommand("fullscereen", true);
```

图 8.44　添加控制语句

8.8　实训项目——制作落叶效果

【实训目的】

熟悉工具箱中工具的使用，练习使用控制命令完成动作的设置。

【上机准备】

（1）熟练掌握工具箱中各工具的使用方法。

（2）熟悉"动作"面板的使用。

（3）掌握常用脚本语句的使用。

【上机操作】

最终的效果图如图 8.45 所示。

图 8.45　效果图

1. 设置文档属性

（1）新建 Flash 文档，右击工作区域，在弹出的快捷菜单中选择"设置文档"命令，如图 8.46 所示。

（2）在弹出的"文档属性"对话框中设置舞台大小为宽 780px、高 440px、背景颜色为白色，如图 8.47 所示。单击"确定"按钮。

图 8.46　选择"文档属性"命令

图 8.47　设置文档属性

（3）选择"文件"→"导入"→"导入到库"命令，将图片"秋天落叶"导入到图库中，然后将图库中的图片拖放到舞台中，如图 8.48 所示。

图 8.48 放置图片到舞台中

（4）选中图片，通过"信息"面板对其进行修改，然后再利用 X、Y 坐标来调整图片在舞台中的位置使它与舞台完全重合，如图 8.49 所示。

图 8.49 设置图片大小

2. 制作落叶的动态效果

（1）选择"插入"→"新建元件"命令，新建元件"落叶飘动 1"，设置类型为"影片剪辑"，如图 8.50 所示，设置完成后单击"确定"按钮。

图 8.50 "创建新元件"对话框

（2）将"落叶飘动 1"元件从"库"面板中拖入到编辑区内，然后在 50 帧和 100 帧处插入关键帧，在 1 到 50 帧之间和 50 帧到 100 帧之间分别创建补间动画，如图 8.51 所示。

图 8.51 创建补间动画

（3）单击第 50 帧，拖动"落叶飘动 1"元件，让它向左发生一段位移。这样整个影片剪辑元件就是由中心点向左移动一段距离后再返回中心点的动画效果，如图 8.52 所示。

图 8.52 向左发生位移

（4）新建"落叶飘动 3"影片剪辑元件，将"落叶飘动 3"元件拖入到编辑区相对于舞台垂直、水平居中。在第 50 帧和 100 帧处插入关键帧，然后在这两段时间内分别创建运动补间动画。单击第 1 帧到第 50 帧中的任何一帧，在"属性"面板中的"旋转"下拉列表框中选择"顺时针"，如图 8.53 所示。

图 8.53 设置旋转动画

（5）单击第 100 帧，利用选择工具将编辑区中的对象向右移动一段距离，如图 8.54 所示。

图 8.54 向右发生位移

（6）打开"库"面板，鼠标右键单击"落叶飘动 3"元件，在弹出的快捷菜单中选择"直接复制"命令，如图 8.55 所示。

图 8.55 选择"直接复制"命令

（7）在弹出的"直接复制元件"对话框中将复制的元件命名为"落叶飘动 2"，选择类型为"影片剪辑"，如图 8.56 所示。设置完成后，单击"确定"按钮。

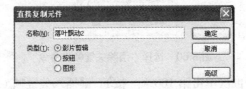

图 8.56 "直接复制元件"对话框

（8）双击图库中的"落叶飘动 2"元件，进入元件编辑区。选中第 1 帧中的对象，然后单击"属性"面板中的"交换"按钮，如图 8.57 所示。

图 8.57 单击"交换"按钮

（9）在弹出的"交换元件"对话框中选择元件"落叶 2"，然后单击"确定"按钮，如图 8.58 所示。

图 8.58 选择"落叶 2"元件

（10）同理，将第 50 帧及第 100 帧中的元件用同样的方法全部换成"落叶 2"元件。然后选中第 1 帧和第 50 帧之间的任何一帧，单击"属性"面板中的"旋转"下拉列表框，选择"逆时针"，如图 8.59 所示。

图 8.59 设置旋转动画

（11）选中第 100 帧，鼠标右键单击第 100 帧，在弹出的快捷菜单中选择"清除关键帧"命令，如图 8.60 所示，将第 100 帧的关键帧删除。

图 8.60　选择"清除关键帧"命令

（12）删除关键帧后，再次单击第 100 帧，按 F6 键插入关键帧（这样做的目的是让第 100 帧中的对象和第 50 帧中的对象完全一样）。然后在第 100 帧处将对象向左移动一段距离，如图 8.61 所示。

图 8.61　左移一段距离

至此，飘动的落叶元件全部完成。

3. 落叶动态效果

（1）单击"场景 1"，返回场景中，在背景图层上新建一个图层，命名为"落叶"，如图 8.62 所示。

（2）将图库中的 3 个落叶飘动元件全部拖动到舞台中，如图 8.63 所示。

图 8.62　新建"落叶"图层

图 8.63　放置元件

（3）利用自由变形工具及选择工具将元件缩小并拖动到舞台之外（舞台之外的左上角处），如图 8.64 所示。

（4）在工作区单击"落叶飘动 1"元件实例，在"属性"面板中给实例命名为"luoye1"，如图 8.65 所示。同理，将其他两个元件实例也用同样的方法将它们命名。

图 8.64　调整元件

图 8.65　给实例命名

（5）在"落叶"图层上新建一个图层，命名为"as"。然后在 as 图层的第 1 帧上输入命令控制，如图 8.66 所示。

```
1  randomTime = 20;
2  changjing_width =780;
3  changjing_height=440;
4  i= 1;
5  _root.luoye1._visible = 0;
6  _root.luoye2._visible = 0;
7  _root.luoye3._visible = 0;
8  _root.onEnterFrame = function ()
9     {
10     If (random (randomTime) == 0)
11     {
12        Var mc = _root.luoye1.duplicateMovieClip ("luoye1"+i, i);
13        mc._x = random (700)-200;
14        mc._xscale = random (50)+100;
15        mc._yscale = _root["luoye1"+i]._xscale;
16        i++;
17     }
18     If (random (randomTime) == 0)
19     {
20        Var mc = _root.luoye2.duplicateMovieClip ("luoye2"+i, i);
```

as : 1

图 8.66　第 1 帧中命令

（6）在工作区中单击 luoye1 实例，打开"动作"面板，输入控制语句，如图 8.67 所示。

```
1  onClipEvent (load)
2  {
3      this._x = random (_root.changjing_width)+100;
4      this._y = 0;
5  }
6  onClipEvent (enterFrame)
7  {
8      this._x += 2;
9      this._y += 5;
10     this._rotation +=10;
11     If (this._y>_root.changjing_height+this._height)
12     {
13         this.removeMovieClip ();
14     }
15  }
```

luoye1

图 8.67　实例 luoye1 中命令

（7）在工作区中单击 luoye2 实例，打开"动作"面板，输入控制语句，如图 8.68 所示。

```
1  onClipEvent (load)
2  {
3      this._x = random (_root.changjing_width)+100;
4      this._y = 0;
5  }
6  onClipEvent (enterFrame)
7  {
8      this._x += 1.5;
9      this._y += 3;
10     this._rotation += 5;
11     If (this._y)_root.changjing_height+this._height)
12     {
13         this.removeMovieClip ();
14     }
15 }
```
luoye2

图 8.68　实例 luoye2 中命令

（8）在工作区中单击 luoye3 实例，打开"动作"面板，输入控制语句，如图 8.69 所示。

```
1  onClipEvent (load)
2  {
3      this._x = random (_root.changjing_width)+100;
4      this._y = 0;
5  }
6  onClipEvent (enterFrame)
7  {
8      this._x += 1.5;
9      this._y += 2;
10     this._rotation -= 5;
11     If (this._y)_root.changjing_height+this._height)
12     {
13         this.removeMovieClip ();
14     }
15 }
```
luoye3

图 8.69　实例 luoye3 中命令

（9）至此，完整的动画已经完成。这时按 Ctrl+Enter 组合键测试动画，可以看到完整作品的动画效果。测试调整完毕，使用"文件"→"保存"命令保存文档。

8.9　习　　题

1. 选择题

（1）动作脚本中用来表示影片剪辑实例和按钮实例的唯一名称是（　　）。

　　A. 变量名　　　　　B. 元件名　　　　　C. 实例名称　　　　　D. 帧标签

（2）Flash 的 ActionScript 中的 Var 的意义是（　　）。

　　A. 卸载动画影片元件　　B. 声明局部变量　　C. 当…成立时　　D. 对…对象做

（3）当需要某一帧静止时，应在（　　）添加 ActionScript。

A．图形　　　B．帧　　　C．按钮实例　　　D．影片剪辑实例

（4）下面不属于 Date 动作的是（　　）。

A．getDate()　　B．getDay()　　C．getMonth()　　D．getMinute()

（5）Flash CS3 不允许使用动作脚本功能的是（　　）。

A．图形元件　　B．影片剪辑　　C．关键帧　　D．按钮元件

2. 填空题

（1）Flash CS3 可以在_____、_____和_____处添加 ActionScript。

（2）要为动作脚本添加一行注释，可以使用_____。

（3）要播放和影片剪辑，可以使用_____命令和_____命令。

（4）动作脚本中的数据类型包括_____、_____、_____、_____、_____、_____和_____。

（5）标识符第一个字符必须是_____、_____、_____，其后字符必须是_____、_____、_____和_____。

3. 上机操作题

（1）运用脚本语句控制完成舞台中动画的运动，设计效果如图 8.70 所示。

（2）运用脚本语句控制完成复制操作，设计效果如图 8.71 所示。

图 8.70　控制舞台动画

图 8.71　复制

（3）运用脚本语句控制实现时间的显示操作，设计效果如图 8.72 所示。

图 8.72　电子日历

第 9 章

输出和发布影片

 本章知识点概述

用 Flash CS3 制作的动画是 FLA 格式的，所以在动画制作完成后，需要将 FLA 格式的文件发布成 SWF 格式的文件，这样才能被 Flash 播放器播放或者用于网页播放。

默认情况下，使用"发布"命令将创建可以在浏览器中运行的 HTML 文件。也可以在发布之前，使用"发布设置"对话框选择和指定所需的设置，将影片发布为 GIF、JPEG、HTML 文件格式等。

此外，在"发布"设置对话框中建立的发布配置将随文档一起保存。用户也可以创建并命名发布配置文件，以便能够随时使用已建立的发布设置。只要输入了所有必需的发布设置选项，就可以一次重复导出所有选定的格式。

本章所含知识点

➤ 理解 Flash 动画的发布格式
➤ 掌握 Flash 动画发布的基本方法

知识重点

➤ 掌握 Flash 动画发布的基本方法

知识难点

➤ 掌握 Flash 动画发布的基本方法

9.1　影片的发布格式

Flash CS3 可以发布多种格式的动画文件，用户可以根据自己的需要来设置所要发布的文件格式。具体的发布格式有 Flash、HTML、GIF 图像、JPEG 图像、PNG 图像、Windows 放映文件、Macintosh 放映文件、QuickTime 等几种。

9.1.1　SWF 输出格式

SWF 动画格式是 Flash CS3 自身的动画格式，因此它是输出动画的默认形式。在输出动画的时候，选择"发布设置"对话框中的 Flash 选项卡，可以设定 SWF 动画的图像和声音压缩比例等参数，如图 9.1 所示。

图 9.1　Flash 选项卡

（1）单击 Flash 选项卡，并从"版本"下拉菜单中选择一个播放器版本。

并非所有 Flash CS3 功能都能在使用低版本的 Flash Player 的已发布 SWF 文件中起作用。因为如果使用低版本输出，那么 Flash 动画有些新增的功能将无法正确运行。所以，除非有必要，否则一般不提倡使用低版本输出 Flash 动画。

（2）加载顺序，有"由下而上"和"由上而下"两种，指定 Flash 如何加载 SWF 文件各层以显示 SWF 文件的第一帧。此选项控制着 Flash 在速度较慢的网络或调制解调器连接上先绘制 SWF 文件的哪些部分。

（3）在"ActionScript 版本"下拉菜单中，选择 ActionScript 1.0 或 2.0 以反映文档中使用的版本。

（4）要启用对已发布 Flash SWF 文件的调试操作，可选择以下任意一个选项。

- "生成大小报告"可生成一个报告，按文件列出最终 Flash 内容中的数据量。
- "防止导入"选项可防止其他人导入 SWF 文件并将其转换回 Flash（FLA）文档。如果选择此选项，则可以决定使用密码来保护 Flash SWF 文件。
- "省略 trace 动作"会使 Flash 忽略当前 SWF 文件中的跟踪动作（trace）。如果选择了此选项，来自跟踪动作的信息就不会显示在"输出"面板中。
- "允许调试"会激活调试器并允许远程调试 Flash SWF 文件。如果选择此选项，则可以决定使用密码来保护 SWF 文件。
- "压缩影片"压缩 SWF 文件以减小文件大小和缩短下载时间。此选项默认情况下处于选中状态。经过压缩的文件只能在 Flash Player 6 及更高版本中播放。
- "针对 Flash Player 6 r65 优化"选项，如果在"版本"下拉菜单中选择 Flash Player 6，则可以选择此选项来将版本指定为 Flash Player 6。更新的版本使用动作脚本寄存器分配来提高性能。用户必须拥有 Flash Player 6 或更高版本。

专家指导

如果选择"允许调试"或"防止导入"，则可以在"密码"文本框中输入密码。如果添加了密码，那么其他人必须先输入密码才能调试或导入 SWF 文件。要删除密码，清除"密码"文本框即可。

（5）要控制位图压缩，请调整"JPEG 品质"滑块或输入一个值。

图像品质越低，生成的文件就越小；图像品质越高，生成的文件就越大。可尝试不同的设置，以确定在文件大小和图像品质之间的最佳平衡点。值为 100 时图像品质最佳，压缩比最小。

（6）要为 SWF 文件中的所有声音流或事件声音设置采样率和压缩，可单击"音频流"或"音频事件"旁边的"设置"按钮，然后在"声音设置"对话框中选择"压缩"、"比特率"和"品质"选项。完成后单击"确定"按钮。

9.1.2　HTML 输出格式

要在 Web 浏览器中播放 Flash 影片，则必须创建 HTML 文档激活影片和指定浏览器设置。动画格式是 Flash CS3 自身的动画格式，因此它是输出动画的默认形式。在输出动画的时候，选择"发布设置"对话框中的 HTML 选项卡，可以设定 SWF 动画的图像和声音压缩比例等参数，如图 9.2 所示。

（1）从"模板"下拉菜单中选择要使用的已安装模板。然后，单击右边的"信息"按钮以显示选定模板的说明。默认选项是"仅限 Flash"。

"检测 Flash 版本"复选框可对文档进行配置，以检测用户拥有的 Flash Player 的版本并在用户没有指定的播放器时向用户发送替代 HTML 页。

（2）选择一种"尺寸"选项，设置<object>和<embed>标记中 width 和 height 属性的值。

图 9.2　HTML 选项卡

- "匹配影片"（默认设置）使用 SWF 文件的大小。
- 选择"像素"选项则在"宽度"和"高度"字段中输入宽度和高度的像素数量。
- "百分比"指定 SWF 文件将占浏览器窗口的百分比。

（3）选择"回放"选项可以控制 SWF 文件的回放和各种功能。

- "开始时暂停"会一直暂停播放 SWF 文件，直到用户单击"播放"按钮或从快捷菜单中选择"播放"后才开始播放。默认情况下，该选项处于取消选择状态，Flash 内容一旦加载就立即开始播放（PLAY 参数值设置为 true）。
- "循环"将在 Flash 内容到达最后一帧后再重复播放。取消选择此选项会使 Flash 内容在到达最后一帧后停止播放。（默认情况下，LOOP 参数处于启用状态）
- "显示菜单"会在用户右击（Windows）或按住 Ctrl 键单击（Macintosh）SWF 文件时，显示一个快捷菜单。如果取消选择此选项，那么快捷菜单中就只有"关于 Flash"一项。默认情况下，此选项处于选中状态（MENU 参数设置为 true）。
- "设备字体"（仅限 Windows）会用消除锯齿（边缘平滑）的系统字体替换用户系统上未安装的字体。使用设备字体可使小号字体清晰易辨，并能减小 SWF 文件的大小。此选项只影响那些包含用设备字体显示的静态文本（在创作 SWF 文件时创建并且在 Flash 内容播放时不会改变的文本）。

（4）选择"品质"选项以在处理时间和外观之间确定一个平衡点。此选项设置<object>和<embed>标记中的 QUALITY 参数的值。

- "低"主要考虑回放速度，基本不考虑外观，并且不使用消除锯齿功能。
- "自动降低"主要强调速度，但是也会尽可能改善外观。回放开始时，消除锯齿功能处于关闭状态。如果 Flash Player 检测到处理器可以处理消除锯齿功能，就会打开该功能。

- "自动升高"在开始时同等强调回放速度和外观，但在必要时会牺牲外观来保证回放速度。回放开始时，消除锯齿功能处于打开状态。如果实际帧频降到指定帧频之下，就会关闭消除锯齿功能以提高回放速度。使用此设置可模拟 Flash 中的"查看"→"消除锯齿"设置。

- "中"选项会应用一些消除锯齿功能，但并不会平滑位图。该设置生成的图像品质要高于"低"设置生成的图像品质，但低于"高"设置生成的图像品质。

- "高"（默认设置）主要考虑外观，基本不考虑回放速度，它始终使用消除锯齿功能。如果 SWF 文件不包含动画，则会对位图进行平滑处理；如果 SWF 文件包含动画，则不会对位图进行平滑处理。

- "Best"提供最佳的显示品质，而不考虑回放速度。所有的输出都已消除锯齿，而且始终对位图进行光滑处理。

（5）选择"窗口模式"选项，该选项控制<object>和<embed>标记中的 HTML wmode 属性。窗口模式修改 Flash 内容限制框或虚拟窗口与 HTML 页中内容的关系。

- "窗口"不会在<object>和<embed>标记中嵌入任何窗口相关属性。Flash 内容的背景不透明，并使用 HTML 背景颜色。HTML 无法呈现在 Flash 内容的上方或下方。"窗口"为默认设置。

- "不透明无窗口"将 Flash 内容的背景设置为不透明，并遮蔽 Flash 内容下面的任何内容。"不透明无窗口"使 HTML 内容可以显示在 Flash 内容的上方或顶部。

- "透明无窗口"将 Flash 内容的背景设置为透明。此选项使 HTML 内容可以显示在 Flash 内容的上方和下方。

专家指导

在某些情况下，透明无窗口模式中复杂的呈现方式可能会导致动画在 HTML 图像同样复杂的情况下速度变慢。

（6）选择一个"HTML 对齐"选项，确定 Flash SWF 窗口在浏览器窗口中的位置。

- "默认"使 Flash 内容在浏览器窗口内居中显示，如果浏览器窗口小于应用程序，则会裁剪边缘。

- "左对齐"、"右对齐"、"上对齐"或"下对齐"选项会将 SWF 文件与浏览器窗口的相应边缘对齐，并根据需要裁剪其余的三边。

（7）如果已经改变了文档的原始宽度和高度，选择一个"缩放"选项可将 Flash 内容放到指定的边界内。"缩放"选项设置<object>和<embed>标记中的 SCALE 参数。

- "默认（显示全部）"会在指定的区域显示整个文档，并且不会发生扭曲，同时保持 SWF 文件的原始高宽比。边框可能会出现在应用程序的两侧。

- "无边框"选项会对文档进行缩放，以使它填充指定的区域，并保持 SWF 文件的原始高宽比，同时不会发生扭曲，并根据需要裁剪 SWF 文件边缘。

- "精确匹配"会在指定区域显示整个文档，它不保持原始高宽比，这可能会导致发生扭曲。

- "无缩放"选项将禁止文档在调整 Flash Player 窗口大小时进行缩放。

（8）选择一个"Flash 对齐"选项可设置如何在应用程序窗口内放置 Flash 内容以及在必要时如何裁剪它的边缘。此选项设置<object>和<embed>标记的 SALIGN 参数。

- 对于"水平"对齐，选择"左对齐"、"居中"或"右对齐"。
- 对于"垂直"对齐，选择"上对齐"、"居中"或"下对齐"。
- 选择"显示警告消息"复选框可在标记设置发生冲突时显示错误消息，如在某个模板的代码引用了尚未指定的替代图像时。

完成后要保存当前文件中的设置，单击"确定"按钮。

9.1.3　GIF 输出格式

GIF 是一种输出 Flash 动画比较方便的格式，选择"发布设置"对话框中的 GIF 选项卡，可以设置 GIF 输出的相关参数，如图 9.3 所示。

图 9.3　GIF 选项卡

（1）"尺寸"选项，设定动画的尺寸。既可以使用"匹配影片"设置，也可以自定义影片的"高"和"宽"，单位为"像素"。

（2）"回放"选项，该选项用于控制动画的播放效果，包括以下两个单选按钮：

- "静态"导出的动画为静止状态。
- "动画"导出可以连续播放的动画。此时如果选择右侧的"不断循环"选项，动画可以一直循环播放；如果选择"重复"选项，并在右侧文本框中输入播放次数，可以让动画循环播放，当达到播放次数后，动画就停止播放。

（3）"选项"选项包括以下几个选项：

- "优化颜色"将从 GIF 文件的颜色表中删除所有不使用的颜色。默认情况下此项处于选中状态。
- "交错"在文件没有完全下载完之前显示图片的基本内容，在网速较慢时加快下载速度，但是对于 GIF 动画不要使用"交错"选项。
- "平滑"减少位图的锯齿，使画面质量提高，但是平滑处理后会增大文件的大小。
- "抖动纯色"使纯色产生渐变效果。
- "删除渐变"使用渐变色中的第 1 种颜色代替渐变色。

（4）"透明"选项用于确定动画背景的透明度。

- "不透明"将背景以纯色方式显示。
- "透明"使背景色透明。
- "Alpha"可以对背景的透明度进行设置，范围在 0 至 255 之间。在右边的文本框中输入一个数值，所有指数低于设定值的颜色都将变得透明，高于设定值的颜色都将被部分透明化。

（5）"抖动"选项确定像素的合并形式。抖动可以提高画面的质量，但是会增加文件的大小。可以设置 3 种抖动方式。

- "无"不对画面进行抖动修改。
- "有序"可以产生质量较好的抖动效果，与此同时动画文件的大小不会有太大程度的增加。
- "扩散"可以产生质量较高的动画效果，与此同时不可避免地增加动画文件的大小。

（6）"调色板类型"选项，用于图像的编辑。

- "Web 216 色"使用标准的 216 色调色板生成 GIF 图像，可以提高图像质量并加快处理速度。
- "最合适"Flash CS3 会自动分析图像颜色。这个选项可以为被编辑编辑的图像生成最精确的颜色。
- "接近 Web 最适色"当图像接近网络 216 调色板时，此类型可以将图像颜色转换为网络 216 色。
- "自定义"选项，在"调色板"文本框中输入调色板存储路径就可以自定义了。还可以单击文本框右侧的按钮，在弹出的对话框中选择调色板文件即可。

（7）"最多颜色"选项，如果选择"最合适"或"接近 Web 最适色"选项，此文本框将为可选，在其中填入 0～255 中的一个数值，可以去除超过这个设定值的颜色。设定的数值较小则可以生成较小的文件，但画面质量会较差。

9.1.4 JPEG 输出格式

使用 JPEG 格式可以输出高压缩的 24 位图像。通常情况下，GIF 格式更适合导出图形，而 JPEG 格式则更适合导出图像，如图 9.4 所示。

图 9.4 JPEG 选项卡

（1）"尺寸"选项，设定动画的尺寸。既可以使用"匹配影片"设置，也可以自定义影片的"高"和"宽"，单位为"像素"。

（2）"品质"选项，品质越好，则文件越大，因此要按照实际需要设置导出图像的质量。

（3）选择"渐进"复选框，可在浏览器中渐进显示图像。如果网速较慢，这一功能可以加快图片的下载速度。

9.2 发 布 影 片

功能

将 Flash 影片以允许的格式在网络上具有版权保护地传播。

调用方式

- 选择"文件"→"发布"命令。
- 选择"文件"→"发布设置"命令。

【边学边练 9.1】使用默认格式发布影片。

（1）打开要发布的影片，本例打开"第 5 章\打字效果.fla 文件"，如图 9.5 所示。

（2）选择"文件"→"发布设置"命令（或者在没有选择任何对象的情况下单击"属性"面板中的"发布"对应的"设置"按钮），打开"发布设置"对话框，如图 9.6 所示。

图 9.5　打开 Flash 文档

图 9.6　"发布设置"对话框

（3）在"格式"选项卡中选择要发布文件的名称有格式。默认情况下，会选定 Flash 和 HTML 格式。

在"格式"选项卡中选中的文件格式，会在对话框中添加对应的选项卡。用户可以根据需要选择一种或几种格式。对于每一种格式，Flash 都提供了一些参数设置。但是，Windows 和 Macintosh 放映文件格式除外，因为它们没有相应的设置。

专家指导

（4）在选定的格式后面的"文件"文本框中，使用与文档名称对应的默认文件名，或输入带有相应扩展名的新文件名。本例将两种格式文件的名称改为"打字动画.swf"和"打字动画.html"，如图 9.7 所示。

（5）单击文件名后边的 📂（选择发布目标）按钮，选择发布文件的位置，默认情况下，这些文件会发布到与 FLA 文件相同的位置，如图 9.8 所示。

图 9.7　更改文件名

图 9.8　设置发布目标

（6）单击要更改的格式选项的选项卡，指定每种格式的发布设置。单击 Flash 选项卡，在其中设置发布的 Flash SWF 文件的版本、图像、声音，如图 9.9 所示。

（7）单击 HTML 选项卡，在其中设置影片在窗口中的位置、SWF 文件的大小等。设置 HTML 发布选项将产生一个 HTML 文件，用于在网页中引导和播放 Flash 动画，如图 9.10 所示。

（8）设置好发布参数后，单击"发布"按钮即可发布影片。也可以单击"确定"按钮保存发布设置，然后选择"文件"→"发布"命令来发布影片。

图 9.9　Flash 选项卡

图 9.10　HTML 选项卡

9.3　影片的导出

影片的导出并不像发布那样对背景音乐、图形格式以及颜色等都需要进行单独设置，它可以把当前的 Flash 动画的全部内容导出为 Flash 支持的文件格式。文件有两种导出方式，即导出影片和导出图像。

9.3.1　导出影片

功能

将影片导出为多种播放格式。

调用方式

- 选择"文件"→"导出"→"导出影片"命令，在弹出的"导出影片"对话框中完成影片的导出设置。

【边学边练 9.2】将"打字效果"导出为影片格式。

（1）单击"文件"→"导出"→"导出影片"命令，此时弹出"导出影片"对话框，如图 9.11 所示。

（2）在"导出影片"对话框中的"保存在"后面选择保存位置。本例使用默认位置。

图 9.11　"导出影片"对话框

（3）在"导出影片"对话框中的"文件名"后的文本框中输入文件的名称。本例为"打字效果"，如图 9.12 所示。

（4）在"保存类型"后的下列表框中选择保存类型。本例导出 SWF 格式影片，然后单击"保存"按钮，弹出如图 9.13 所示的"导出 Flash Player"对话框，在此对话框中对相应选项进行设置，最后单击"保存"按钮，完成影片的导出操作。

图 9.12　设置文件名

图 9.13　"导出 Flash Player"对话框

9.3.2　导出图像

功能

将当前帧的内容保存为各种 Flash 支持的图像文件格式。

调用方式

- 选择"文件"→"导出"→"导出图像"命令,在弹出的"导出图像"对话框中完成影片的导出设置。

【边学边练9.3】将"打字效果"导出为图像格式。

(1)单击"文件"→"导出"→"导出图像"命令,此时弹出"导出图像"对话框,如图 9.14 所示。

(2)在"导出图像"对话框中的"保存在"后面选择保存位置。本例使用默认位置。

图 9.14 "导出图像"对话框

(3)在"导出图像"对话框中的"文件名"后的文本框中输入文件的名称。本例为"打字效果",如图 9.15 所示。

(4)在"保存类型"后的下列表框中选择保存类型。本例导出 GIF 格式图像,然后单击"保存"按钮,弹出如图 9.16 所示的"导出 GIF"对话框,在此对话框中对相应选项进行设置,最后单击"确定"按钮,完成图像的导出操作。

图 9.15 设置文件名及保存类型

图 9.16 "导出 GIF"对话框

9.4 实训项目——发布"打字效果"动画

【实训目的】

练习影片的导出操作。

【上机准备】

（1）熟悉影片的导出格式。
（2）熟悉影片的导出过程。

【上机操作】

最终的效果图如图 9.17 所示。

图 9.17 效果图

具体操作步骤如下。

（1）打开要发布的影片，本例打开"第 5 章\打字效果.fla 文件"，如图 9.18 所示。

图 9.18 打开 Flash 文档

（2）选择"文件"→"发布设置"命令，打开"发布设置"对话框，如图 9.19 所示。

（3）在"格式"选项卡中选择 Flash、HTML、"GIF 图像"、"JPEG 图像"格式，如图 9.20 所示。

图 9.19 "发布设置"对话框   图 9.20 "发布设置"对话框

（4）在选定的格式后面的"文件"文本框中，使用与文档名称对应的默认文件名，或输入带有相应扩展名的新文件名。本例将 4 种格式文件的名称改为"打字动画.swf"、"打字动画.html"、"打字动画.gif"和"打字动画.jpg"，如图 9.21 所示。

（5）单击文件名后边的 （选择发布目标）按钮，选择发布文件的位置，默认情况下，这些文件会发布到与 FLA 文件相同的位置，如图 9.22 所示。

（6）每种格式中的参数使用默认值，然后单击"发布"按钮，即可发布影片。

图 9.21 更改文件名   图 9.22 更改发布目标

9.5 习　题

1. 选择题

（1）Flash 有（　　）种发布格式。

　　A. 4　　　　B. 6　　　　C. 7　　　　D. 8

（2）在（　　）选项卡中可以设置发布动画的格式。

　　A. "格式"　　　B. Flash　　　C. HTML　　　D. GIF

（3）Flash CS3 输出动画的默认形式为（　　）。

　　A. SWF　　　B. HTML　　　C. GIF　　　D. JPEG

（4）允许在 IE 浏览器中观看的文件为（　　）。

　　A. SWF　　　B. GIF　　　C. HTML　　　D. PNG

（5）文件的导出方式有（　　）种。

　　A. 8　　　　B. 7　　　　C. 2　　　　D. 1

2. 填空题

（1）Flash CS3 制作的动画是_____格式。

（2）要在 Web 浏览器中播放 Flash 影片，则必须要创建_____文档。

（3）文件有两种导出方式_____和_____。

（4）GIF 格式适合导出_____。

（5）JPEG 格式适合导出_____。

3. 上机操作题

（1）将第 5 章中的实训项目导出为 SWF 和 HTML 格式。

（2）将第 3 章中的实训项目导出为 JPEG 格式。

（3）将第 6 章中的实训项目导出为 GIF 格式。

第 10 章

综 合 实 例

本章知识点概述

本章通过绘制仿古灯、翻页效果两个综合实例，使读者把前面所学知识融会贯通起来，重点掌握一些 Flash 作品的制作技巧，并从中获得一些启发，增长一些操作经验。

本章所含知识点

- ➤ 工具箱的使用
- ➤ 基本动画的制作
- ➤ 特殊动画的制作
- ➤ 脚本语句的使用

知识重点

- ➤ 工具箱的使用
- ➤ 特殊动画的制作
- ➤ 脚本语句的使用

知识难点

- ➤ 特殊动画的制作
- ➤ 脚本语句的使用

10.1 绘制仿古灯

仿古灯的效果图如图 10.1 所示。

图 10.1 效果图

1. 设置背景

（1）新建 Flash 文档，右击工作区域，在弹出的快捷菜单中选择"文档属性"命令，如图 10.2 所示。

（2）在弹出的"文档属性"对话框中设置舞台大小为宽 550px、高 550px、背景颜色为黑色，如图 10.3 所示。

图 10.2 选择"文档属性"命令

图 10.3 设置文档属性

（3）单击"窗口"→"颜色"，如图 10.4 所示，打开"颜色"面板（也可以使用 Shift+F9 组合键打开"颜色"面板），为矩形设置颜色。

（4）在工具箱中选择矩形工具在舞台上绘制一个矩形，要求绘制的矩形没有边框颜色，填充颜色为放射状填充颜色，左侧色块颜色为#FFFFFF，右侧色块颜色为#FFCC33，如图 10.5 所示。

图 10.4 选择"颜色"命令   图 10.5 设置矩形颜色

（5）选中绘制的矩形，使用 Ctrl+I 组合键打开"信息"面板。在该面板中设置矩形大小为 550px×550px，X 坐标为 0，Y 坐标为 0，将设置好的矩形与舞台完全重合，如图 10.6 所示。

（6）设置好后将图层 1 重新命名为"背景"，如图 10.7 所示。

图 10.6 设置"信息"面板   图 10.7 重命名为"背景"

2. 制作灯座

（1）在背景图层上新建一个图层，命名为"灯"。单击工具箱中的椭圆工具，在舞台上绘制一个椭圆，边框颜色任意，没有填充颜色，如图 10.8 所示。

（2）使用 Ctrl+I 组合键打开"信息"面板。在"信息"面板中设置椭圆大小为 90px×30px，如图 10.9 所示。

图 10.8 绘制椭圆   图 10.9 设置"信息"面板

（3）按住 Ctrl 键，同时拖动椭圆复制出一个椭圆放在原有椭圆的下方，如图 10.10 所示。

（4）单击工具箱中的缩放工具，在两圆相交的位置绘制矩形，放大此位置，如图 10.11 所示。

图 10.10　复制椭圆

图 10.11　绘制矩形

（5）放大后，单击线条工具，在两圆之间绘制一条直线段，如图 10.12 所示。

（6）同理，在两圆的另一侧也绘制直线段，如图 10.13 所示。

图 10.12　绘制直线段

图 10.13　绘制另一侧直线段

（7）选中左侧两圆交点与左侧直线之间的两条线段，如图 10.14 所示。

（8）按 Delete 键删除所选中的线段，效果如图 10.15 所示。

图 10.14　选中线段

图 10.15　删除线段后效果

（9）同理，选中右侧两椭圆交点与右侧直线之间的两条线段，按 Delete 键删除所选中的线段，效果如图 10.16 所示。

（10）单击时间轴右侧的调整舞台大小的下拉列表框，选择 200% 显示舞台（也可以直接在列表框中输入显示比例），如图 10.17 所示。

图 10.16　删除右侧线段后效果

图 10.17　调整舞台显示比例

（11）在 200%的显示比例下，选中椭圆的内上侧的线段，如图 10.18 所示。

（12）按 Delete 键删除所选中的线段，效果如图 10.19 所示。

图 10.18 选中线段

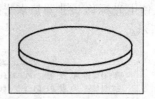

图 10.19 删除线段后效果

（13）单击工具箱中的选择工具，使用框选法，将整个图形框选中。使用 Ctrl+G 组合键将所选中图形组合，如图 10.20 所示。

（14）按住 Ctrl 键，同时拖动对象向下复制出一个对象，如图 10.21 所示。

图 10.20 组合图形

图 10.21 复制对象

（15）选中复制后的对象，选择"窗口"→"变形"命令（或者按 Ctrl+T 组合键），打开"变形"面板。在"变形"面板中将它的大小设置为原来的 120%，按 Enter 键，确认输入的设置，如图 10.22 所示。

（16）使用工具箱中的选择工具，使用框选法框选中两个对象。使用 Ctrl+K 组合键，打开"对齐"面板，在"对齐"面板中设置两个对象不相对舞台，水平中齐，如图 10.23 所示。

图 10.22 放大对象

图 10.23 对齐对象

（17）使用工具箱中的线条工具在两个对象之间绘制一条直线，如图 10.24 所示。

（18）使用工具箱中的选择工具，取消直线的选中状态，将直线进行变形，如图 10.25 所示。

图 10.24 绘制直线

图 10.25 调整成弧线

（19）选中变形后的线段，使用 Ctrl+D 组合键将其复制，在不取消选中状态的情况下执行"修改"→"变形"→"水平翻转"命令，如图 10.26 所示，将其水平翻转。

（20）使用光标移动键调整水平翻转后的线段到合适的位置，使它与左侧弧线对称，如图 10.27 所示。

图 10.26　选择"水平翻转"命令

图 10.27　调整右侧弧线

（21）使用工具箱中的线条工具在两段弧线下端绘制水平直线段，再用选择工具调整为弧线，如图 10.28 所示。

（22）使用选择工具框选中本图层中的所有对象，然后执行"修改"→"取消组合"命令（或者使用 Ctrl+Shift+G 组合键，或者使用 Ctrl+B 组合键），取消对象的组合，如图 10.29 所示。

图 10.28　调整为弧线

图 10.29　选择"取消组合"命令

（23）取消对象的组合后，选中删除多余的线。修改完成后的效果如图 10.30 所示。

（24）打开"颜色"面板，单击选中 （填充颜色）按钮，设置类型为线性，左侧色块颜色为#FFCC33，右侧色块颜色为#000000，如图 10.31 所示。

图 10.30　删除多余的线

图 10.31　设置"颜色"面板

（25）单击工具箱中的颜料桶工具，然后为两个圆及中间部分填充线性渐变颜色。效果如图 10.32 所示。

（26）单击工具箱中的颜料桶工具，然后在对应的颜色栏中设置颜料桶的颜色为#996633，如图 10.33 所示。

图 10.32 填充渐变颜色

图 10.33 设置颜料桶颜色

（27）用颜料桶工具为圆外的两弧线间填充设置好的颜色。效果如图 10.34 所示。

（28）使用工具箱中的选择工具，选中"灯"图层中对象的所有边框线，按 Delete 键将它们全部删除。效果如图 10.35 所示。

图 10.34 填充设置好的颜色

图 10.35 删除边框线

（29）将边框线全部删除后，使用工具箱中的选择工具框选中灯座，执行"修改"→"组合"命令（或者按 Ctrl+G 组合键），将灯座的各部分组合成一个整体，如图 10.36 所示。

图 10.36 选择"组合"命令

3. 制作灯罩

（1）使用工具箱中的线条工具，在"灯"图层中绘制三条直线段，位置如图 10.37 所示。

（2）使用工具箱中的选择工具，对这三条线段进行变形，将它们调整为弧形，如图 10.38 所示。

图 10.37 绘制线段

图 10.38 调整线段形状

（3）选中变形后的线段，使用 Ctrl+D 组合键将其复制，然后选择"修改"→"变形"→"水平翻转"命令，将它水平翻转。效果如图 10.39 所示。

（4）使用光标移动键，将它移动到合适的位置，如图 10.40 所示。

图 10.39　复制弧线　　　　　　　　　　图 10.40　调整位置

（5）在两条弧线中间绘制一个椭圆，大小可以将两条弧线的上端连接，通过光标移动键对它的位置进行调整，如图 10.41 所示。

（6）同理，在两条弧线的下端也绘制一个椭圆，大小以连接两条弧线的下端为宜，如图 10.42 所示。

图 10.41　绘制水平椭圆　　　　　　　　图 10.42　绘制下端椭圆

（7）在上端两条直线相接的位置绘制一条水平直线，如图 10.43 所示。

（8）使用工具箱中的选择工具，对所绘制的直线进行变形，将它变为弧线，如图 10.44 所示。

图 10.43　绘制水平直线　　　　　　　　图 10.44　调整线段形状

（9）同理，在下端两条线段相接的位置绘制一条水平直线。通过选择工具将它调整为弧线，如图 10.45 所示。

（10）使用工具箱中的选择工具，将灯罩部分全部框选中。在"属性"面板中设置直线的颜色为黑色，粗细为 2，类型为点状型，如图 10.46 所示。

图 10.45　调整线段形状　　　　　　图 10.46　设置直线属性

（11）打开"颜色"面板，单击 （填充颜色）按钮，选择填充颜色为白色。将 Alpha 值设置为 20%，按 Enter 键确认设置，如图 10.47 所示。

（12）单击工具箱中的颜料桶工具，对灯罩中的对应位置填充设置好的颜色，如图 10.48 所示。（填充颜色选中状态）

图 10.47　设置颜色　　　　　　图 10.48　填充 Alpha 值为 20%的白色

（13）再次打开"颜色"面板，单击 （填充颜色）按钮，选择填充颜色为#FFCC33。将 Alpha 值设置为 20%，按 Enter 键确认设置，如图 10.49 所示。

（14）单击工具箱中的颜料桶工具，对灯罩中的对应位置填充设置好的颜色，如图 10.50 所示。（填充颜色选中状态）

图 10.49　设置颜色　　　　　　图 10.50　填充 Alpha 值为 20%的#FFCC33

（15）填充颜色后，将全部对象选中，使用 Ctrl+G 组合键将其组合成一个整体，如图 10.51 所示。

（16）拖动组合后的灯罩，将它放置在灯座上，如图 10.52 所示。

图 10.51　组合对象　　　　　　图 10.52　将灯罩放在灯座上

（17）灯座与灯罩的大致位置调整好后，选中两个群组对象。打开"对齐"面板，使两者不相对于舞台水平居中对齐，如图 10.53 所示。

图 10.53　设置对齐方式

4. 制作灯罩上的图案与文字

（1）选择"文件"→"导入"→"导入到库"命令，导入图片 pic1，如图 10.54 所示。

（2）使用 Ctrl+L 组合键打开"库"面板，将"库"面板中刚刚导入的位图拖曳到"灯"图层的舞台中，如图 10.55 所示。（缩小显示比例后的部分图）

图 10.54　选择"导入到库"命令　　　　图 10.55　将 pic1 放入舞台

（3）使用 Ctrl+B 组合键打散舞台中的位图，将它转变为点状图形，如图 10.56 所示。

（4）选择工具箱中的套索工具，然后选择魔术棒工具，同时单击"设置魔术棒"按钮，在弹出的"魔术棒设置"对话框中设置阈值为 10，单击"确定"按钮确认输入，如图 10.57 所示。

图 10.56　打散位图　　　　　　　　图 10.57　设置魔术棒

（5）将鼠标指针放入打散的图形中不需要的位置，当它由套索工具变为魔术棒工具时单击，按 Delete 键，删除人物图形的背景。效果如图 10.58 所示。

（6）同理，使用套索工具和橡皮擦工具两者相互搭配使用，将人物图形的所有背景全部删除。效果如图 10.59 所示。（显示比例为 50%）

图 10.58 删除背景

图 10.59 编辑完成后位图效果

（7）选中人物图形，使用 Ctrl+G 组合键，将选中对象组合成一个整体，并调整它的大小，如图 10.60 所示。

（8）使用工具箱中的选择工具，将组合后的图形拖曳到灯罩上，调整到合适的位置，如图 10.61 所示。

图 10.60 调整大小

图 10.61 调整位置

（9）单击工具箱中的文本工具，并在文本工具的"属性"面板中设置字体为华文行楷，字号为 14 号，颜色为黑色，对齐方式为顶对齐，如图 10.62 所示。

图 10.62 设置文本属性

（10）单击文本"属性"面板中的"改变文本方向"按钮，将文本方向设置为"垂直，从右向左"，如图 10.63 所示。

（11）在灯罩上单击，在文本框中输入文本"海上生明月，天涯共此时"。效果如图 10.64 所示。

图 10.63　设置文本方向

图 10.64　输入文本

5. 制作灯光

（1）选择"插入"→"新建元件"命令，在弹出的"创建新元件"对话框中设置名称为"光"，选择类型为"影片剪辑"，如图 10.65 所示。单击"确定"按钮，确认设置。

图 10.65　新建"光"元件

（2）在"光"元件的编辑区内，使用椭圆工具绘制一个正圆。没有边框颜色，填充颜色任意，如图 10.66 所示。

（3）使用 Ctrl+I 组合键打开"信息"面板，在"信息"面板中设置圆的大小为 150px×150px，位置垂直水平居中，如图 10.67 所示。

图 10.66　绘制圆

图 10.67　设置"信息"面板

（4）打开"颜色"面板，在"颜色"面板中设置圆的填充颜色为放射状填充颜色。左侧色块颜色为#FFFF00，Alpha 值为 100%；中间色块颜色为#FFFF6E，Alpha 值为 70%；右侧色块颜色为#FFFFCC，Alpha 值为 0%，如图 10.68 所示。

（5）设置好圆的填充颜色后，圆的效果如图 10.69 所示。

图 10.68　设置"颜色"面板

图 10.69　光的效果

（6）在第 5 帧和第 10 帧处插入关键帧，使用 Ctrl+T 组合键打开"变形"面板，将第 5 帧处的对象放大到的原来的 150%，如图 10.70 所示。

图 10.70　设置"变形"面板

（7）在第 1 帧和第 5 帧之间，任意单击任何一帧，在"属性"面板中的"补间"下拉列表框中选择"形状"，创建形状补间动画，如图 10.71 所示。

图 10.71　选择形状补间

（8）同理，在第 5 帧和第 10 帧之间也创建形状补间动画，如图 10.72 所示。

图 10.72　创建形状补间动画

（9）选择"插入"→"新建元件"命令，在弹出的"创建新元件"对话框中设置名称为"火焰"，选择类型为"影片剪辑"，如图 10.73 所示。单击"确定"按钮，确认设置。

图 10.73　创建"火焰"元件

（10）使用工具箱中的椭圆工具在"火焰"元件的编辑区内的第 1 帧处绘制一个椭圆，如图 10.74 所示。

图 10.74　绘制椭圆

（11）打开"颜色"面板，设置填充颜色为线性填充。左侧色块颜色为#FFFF99，Alpha值为 100%；右侧色块颜色为#FFFF1B，Alpha 值为 30%，如图 10.75 所示。

图 10.75　设置填充颜色

（12）使用工具箱中的颜料桶工具为椭圆填充颜色，如图 10.76 所示。

图 10.76　填充后效果

（13）在工具箱中选择填充变形工具，将椭圆的填充颜色进行编辑，最终效果如图 10.77所示。

图 10.77　椭圆最终效果

（14）在第 2 帧到第 7 帧，依次插入关键帧。选择工具箱中的选择工具，然后通过选择工具对椭圆进行变形，将它变为火焰形状，如图 10.78 所示。

图 10.78　将椭圆变形

（15）在第 2 帧处插入关键帧，然后将第 2 帧中的对象再通过选择工具进行形状上的改变，如图 10.79 所示。

图 10.79　编辑第 2 帧中的对象

（16）在第 3 帧到第 7 帧中使用选择工具依次对其中的对象进行编辑，最后在第 10 帧处插入普通帧。效果如图 10.80 所示。

图 10.80　完成后的火焰元件

（17）选择"插入"→"新建元件"命令，在弹出的"创建新元件"对话框中设置名称为"火"，选择类型为"影片剪辑"，如图 10.81 所示。单击"确定"按钮，确认设置。

图 10.81　创建"火"元件

（18）在"火"元件的编辑区内，使用铅笔工具在工作区中绘制一小段平滑的曲线。设置颜色为红色，粗线为 3，如图 10.82 所示。

图 10.82　绘制一小段曲线

（19）将图层 1 重命名为"灯芯"。在"灯芯"图层上新建图层 2，重新命名为"火焰"。将图库中的"火焰"元件拖曳到工作区中灯芯的上部，如图 10.83 所示。

图 10.83　放置火焰

（20）在"火焰"图层上新建图层 3，重新命名为"光"。将图库中的"光"元件拖曳到工作区中火焰的中上部，如图 10.84 所示。

图 10.84　放置"光"元件

6. 制作有光亮的仿古灯

（1）单击"场景 1"，返回到场景中，在"灯"图层上新建一个图层，命名为"火"，如图 10.85 所示。

图 10.85　新建"火"图层

（2）将图库中的"火"元件拖曳到"火"图层的第 1 帧的舞台上，放在合适位置，如图 10.86 所示。

图 10.86 放置"火"元件

（3）至此，完整的动画已经完成。测试调整完毕，使用"文件"→"保存"命令保存 Flash 文档。按 Ctrl+Enter 组合键测试动画，可以看到完整作品的动画效果如图 10.87 所示。

图 10.87 测试效果

10.2 制作翻页效果

制作的翻页效果如图 10.88 所示。

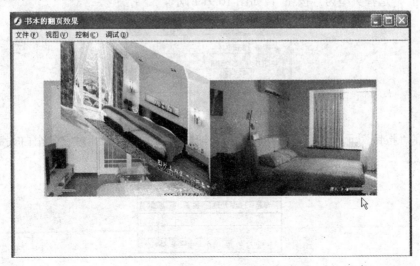

图 10.88 效果图

1. 设置文档的属性

（1）新建 Flash 文档，右击工作区域，在弹出的快捷菜单中选择"文档属性"命令，如图 10.89 所示。

图 10.89　选择"文档属性"命令

（2）在弹出的"文档属性"对话框中设置舞台大小为宽 700px、高 600px、背景颜色为白色，如图 10.90 所示。

图 10.90　设置文档属性

2. 制作隐藏按钮

（1）选择"插入"→"新建元件"命令，在弹出的"创建新元件"对话框中输入元件名称为"按钮"，选择类型为"按钮"，如图 10.91 所示。

图 10.91　创建"按钮"元件

（2）在"按钮"元件内部、时间轴的第 4 帧处插入关键帧，此时它是空白关键帧，如图 10.92 所示。

图 10.92　插入关键帧

（3）在第 4 帧处绘制一个没有边框线、颜色任意的矩形，利用"对齐"面板将它与中心点垂直水平中齐，如图 10.93 所示。

图 10.93　绘制矩形

（4）选择"插入"→"新建元件"命令，在弹出的"创建新元件"对话框中输入元件名称为"箭头"，选择类型为"影片剪辑"，如图 10.94 所示。

图 10.94　创建"箭头"元件

（5）在"箭头"元件的内部绘制箭头，如图 10.95 所示。

图 10.95　绘制箭头

3. 制作页群元件

（1）选择"插入"→"新建元件"命令，如图 10.96 所示。

图 10.96　选择"新建元件"命令

（2）在弹出的"创建新元件"对话框中为新元件命名为"页群"，选择类型为"影片剪辑"，如图 10.97 所示。

图 10.97　创建"页群"元件

（3）在第 1 帧处绘制一个没有边框线、填充颜色为#FFCF31、大小为 300px×200px 的矩形，如图 10.98 所示。

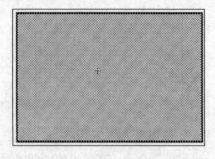

图 10.98　绘制矩形

（4）利用"对齐"面板将绘制的矩形相对于编辑区的中心点左对齐、垂直中齐，如图 10.99 所示。

图 10.99　对齐矩形

（5）使用文本工具在矩形上输入文本"室内设计欣赏"，并在"属性"面板中对文本属性进行设置，如图 10.100 所示。

图 10.100　设置文本属性

（6）在第 1 帧处输入"打开"命令。新建图层 2，在图层 2 的第 1 帧中输入文本"打开"，并将按钮放置其中，如图 10.101 所示。

图 10.101　编辑图层 2 第 1 帧

（7）选择"文件"→"导入"→"导入到库"命令，将所需要的图片导入到本文档的图库中，如图 10.102 所示。

图 10.102 选择"导入到库"命令

（8）在两个图层的第 2 帧处，分别插入空白关键帧，将导入到图库的其中一张图片拖拽到图层 1 的第 2 帧的编辑区中，并将图片大小设置为 300px×200px，如图 10.103 所示。

图 10.103 设置图片大小

（9）利用"对齐"面板将它相对于编辑区的中心点左对齐、垂直中齐，如图 10.104 所示。

图 10.104 对齐图片

（10）单击工具箱中的文本工具，在图片上输入数字 1，在"属性"面板中设置文本属性，如图 10.105 所示。

图 10.105 设置文本属性

（11）属性设置完成后，拖动它，将它放置在合适的位置，如图 10.106 所示。

图 10.106 放置到合适位置

（12）单击第 2 帧，打开"动作"面板，在"动作"面板中输入"停止"命令。此时，时间轴中的内容如图 10.107 所示。

图 10.107　时间轴

（13）在图层 2 的第 2 帧处，分别将"箭头"和"按钮"元件放入编辑区，位置如图 10.108 所示。

图 10.108　放置"箭头"和"按钮"元件

（14）在第 3 帧处插入空白关键帧，拖入第 2 张图片，设置大小仍为 300px×200px，如图 10.109 所示。

图 10.109　设置大小后效果

（15）打开"对齐"面板，将图片相对于中心点左对齐、垂直中齐，如图 10.110 所示。

图 10.110　设置对齐

（16）单击第 3 帧，打开"动作"面板输入"停止"控件命令。

（17）在对应的图层 2 的第 3 帧处放入"箭头"和"按钮"元件，如图 10.111 所示。

图 10.111　放入"箭头"和"按钮"元件

（18）同理，插入关键帧，将其他图片拖入进来，设置大小，对齐方式，然后给关键帧添加控制命令，在相应的图层 2 中放入"按钮"和"箭头"元件，如图 10.112 所示。（注意，在图层 2 的第 7 帧处不放置"按钮"和"箭头"元件）

图 10.112　完成图片的放入

4. 制作翻页元件

（1）选择"文件"→"新建元件"命令，在弹出的"创建新元件"对话框中输入元件名称为"左翻页"，选择类型为"影片剪辑"，单击"确定"按钮，如图 10.113 所示。

图 10.113　创建"左翻页"元件

（2）打开"左翻页"元件，在第 1 帧处将"页群"元件拖放到编辑区，如图 10.114 所示。

图 10.114　将"页群"元件拖放到编辑区

（3）单击编辑区内的图片，在"属性"面板中，给此实例命名为"youmian"，如图 10.115所示。

图 10.115　命名实例

（4）在第 10 帧处按 F6 键插入关键帧，并打开"变形"面板，在"变形"面板中将第 10 帧中的对象变形，如图 10.116 所示。

图 10.116　变形对象

（5）在第 1 帧到第 10 帧之间，鼠标右键单击任何一帧，在弹出的快捷菜单中选择"创建补间动画"命令，如图 10.117 所示。

图 10.117　选择"创建补间动画"命令

（6）在第 10 帧处插入空白关键帧，并再次将"页群"元件拖放到舞台中，相对于中心点右对齐、垂直中齐，如图 10.118 所示。（右侧双线所框中心点为本元件编辑区的中心点，中间点为"页群"实例的变形中心点，左侧为"页群"元件编辑区的中心点）

图 10.118　设置对齐属性

（7）单击舞台中的"页群"实例，打开"属性"面板，在"属性"面板中给实例命名为"zuomian"，如图 10.119 所示。

图 10.119　命名实例

（8）单击工具箱中的任意变形工具，将"页群"实例的变形中心点放到编辑区的中心点处，如图 10.120 所示。

图 10.120　移动变形中心点

（9）在第 20 帧处插入关键帧，返回到第 10 帧，并打开"变形"面板，在"变形"面板中将第 10 帧中的对象变形，如图 10.121 所示。

图 10.121　设置变形属性

（10）在第 10 帧到第 20 帧之间创建运动补间动画，如图 10.122 所示。

图 10.122　创建运动补间动画

（11）选择"文件"→"新建元件"命令，在弹出的"创建新元件"对话框中输入元件名称为"右翻页"，选择类型为"影片剪辑"，如图 10.123 所示。

图 10.123　创建"右翻页"元件

（12）在"右翻页"元件内部的第 1 帧处将"页群"元件拖放到编辑区，并相对于舞台右对齐、垂直中齐，然后利用任意变形工具将变形中心点移动到编辑区的中心点位置，如图 10.124 所示。

图 10.124　对齐中心点

（13）单击编辑区内的图片，在"属性"面板中，给此实例命名为"zuo"，如图 10.125 所示。

图 10.125　命名实例

（14）在第 10 帧处按 F6 键插入关键帧，并打开"变形"面板，在"变形"面板中将第 10 帧中的对象变形，如图 10.126 所示。

图 10.126　变形对象

（15）在第 1 帧到第 10 帧之间，鼠标右键单击任何一帧，在弹出的快捷菜单中选择"创建补间动画"命令，如图 10.127 所示。

图 10.127　选择"创建补间动画"命令

（16）在第 10 帧处插入空白关键帧，并再次将"页群"元件拖放到舞台中，相对于中心点右对齐、垂直中齐。利用任意变形工具，将"页群"实例的变形中心点放到编辑区的中心点处，如图 10.128 所示。

图 10.128　对齐中心点

（17）单击舞台中的"页群"实例，打开"属性"面板，在"属性"面板中给实例命名为"you"，如图 10.129 所示。

图 10.129　命名实例

（18）在第 20 帧处插入关键帧，返回到第 10 帧，并打开"变形"面板，在"变形"面板中将第 10 帧中的对象变形，如图 10.130 所示。

图 10.130　设置变形属性

（19）在第 10 帧到第 20 帧之间创建运动补间动画，如图 10.131 所示。

图 10.131　创建运动补间动画

5. 制作动画

（1）将图层 1 重新命名为"页群"，拖入两个"页群"元件到舞台中，放到合适的位置，如图 10.132 所示。

图 10.132　放置"页群"实例

（2）单击左侧的"页群"实例，打开"属性"面板，在"属性"面板中给它重新命名为"zuoye"，如图 10.133 所示。

图 10.133　命名实例

（3）单击右侧的"页群"实例，打开"属性"面板，在"属性"面板中给它重新命名为"youye"，如图 10.134 所示。

图 10.134 命名实例

（4）在"页群"图层上方新建一个图层，命名为"翻页"。打开"库"面板，将左翻页放在本图层上，位置与"页群"图层右侧的页群的位置重合。选中"左翻页"实例，在"属性"面板中给实例命名为"zuofan"，如图 10.135 所示。

图 10.135 命名实例

（5）将右翻页放在本图层上，位置与"页群"图层左侧的页群的位置重合。选中"右翻页"实例，在"属性"面板中给实例命名为"youfan"，如图 10.136 所示。

（6）在"翻页"图层上新建一个图层，命名为"as"。在 as 图层的第一帧处输入控制命令，如图 10.137 所示。

图 10.136 命名实例

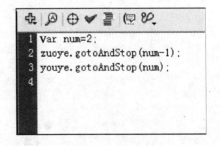

图 10.137 输入命令

（7）打开"左翻页"元件，进入到内部，在第 1 帧处插入空白关键帧，并输入停止命令。在第 2 帧、第 12 帧和第 21 帧中输入控制命令，如图 10.138 所示。

（8）打开"右翻页"元件，进入到内部，在第 1 帧处插入空白关键帧，并输入停止命令。在第 2 帧、第 12 帧和第 21 帧中输入控制命令，如图 10.139 所示。

图 10.138　输入命令后时间轴的效果　　　　图 10.139　输入命令后时间轴的效果

（9）打开"页群"元件进入到内部，在第 1 帧处插入空白关键帧，并输入控制命令。然后，再为每一帧中的按钮实例输入控制命令。

（10）至此，完整的动画已经完成。测试调整完毕后，使用"文件"→"保存"命令保存 Flash 文档。这时按 Ctrl+Enter 组合键测试动画，可以看到完整作品的动画效果，如图 10.140所示。

图 10.140　测试效果

部分习题参考答案

第 1 章

1. 选择题

（1）B   （2）B   （3）C   （4）B   （5）C

2. 填空题

（1）"窗口"→"工具"

（2）文件体积小；是一种流式动画；支持插件播放；支持事件响应和交互功能；可以输出多种格式的文件；创建和编辑 Flash 动画的方法简单易学

（3）用于管理动画中的图层和帧

（4）"窗口"→"属性"；Ctrl+F3

（5）使用"开始"页创建新文档；使用"文件"→"新建"命令，打开"新建文档"对话框，在"常规"选项卡上选择"Flash 文档"，然后单击"确定"按钮；单击主工具栏中的"新建"按钮，可以创建新的 Flash 文档

第 2 章

1. 选择题

（1）B   （2）D   （3）C   （4）C   （5）C

2. 填空题

（1）Shift   （2）伸直模式；平滑模式；墨水模式   （3）矩形工具；多角星形工具
（4）位图；矢量图   （5）不封闭空隙；封闭小空隙；封闭中等空隙；封闭大空隙

第 3 章

1. 选择题

（1）C   （2）C   （3）A   （4）C   （5）D

2. 填空题

（1）"属性"面板；"信息"面板　　　（2）任意变形工具；"变形"面板

（3）复制并应用变形　　　（4）Ctrl+K　　　（5）笔触颜色；颜料桶颜色

第 4 章

1. 选择题

（1）A　　（2）B　　（3）A　　（4）A　　（5）C

2. 填空题

（1）图形元件；按钮元件；影片剪辑元件　　　（2）库

（3）弹起；指针经过；按下；点击　　　（4）F8　　　（5）按钮元件；影片剪辑元件

第 5 章

1. 选择题

（1）D　　（2）B　　（3）D　　（4）C　　（5）C

2. 填空题

（1）逐帧；渐变；渐变　　　（2）将动画分解到连续的关键帧中

（3）同一元件　　　（4）矢量图形　　　（5）转换为元件

第 6 章

1. 选择题

（1）C　　（2）D　　（3）D　　（4）A　　（5）B

2. 填空题

（1）2；引导层；遮罩层　　　（2）引导层　　　（3）普通引导层；运动引导层

（4）运动补间动画　　　（5）可视与不可视

第7章

1. 选择题

（1）D　　（2）D　　（3）A　　（4）D　　（5）D

2. 填空题

（1）事件；开始；结束；数据流　　　（2）事件声音；流式声音　　　（3）库
（4）导入声音；加载声音　　　（5）ADPCM

第8章

1. 选择题

（1）C　　（2）B　　（3）B　　（4）D　　（5）A

2. 填空题

（1）关键帧；影片剪辑；按钮　　　（2）//　　　（3）play()；stop()
（4）字符串；数字；布尔值；对象；影片剪辑；Null；Undefined
（5）字母；下划线；美元符；字母；数字；下划线；美元符

第9章

1. 选择题

（1）D　　（2）A　　（3）A　　（4）C　　（5）D

2. 填空题

（1）FLA　　（2）HTML　　　（3）导出影片；导出图像
（4）图形　　（5）图像